Die Lichtströmungen des Glühwürmchens

BOOKS on DEMAND

Für ein wundervolles Glühwürmchen, ohne das diese Welt niemals entstanden wäre.

Für eine Blume, deren Schönheit niemals verblassen wird.

Für eine Freundschaft, die das Leben verändert.

Für eine Liebe, die alles übersteht.

Für Dich! Mein kleiner Stern!

Sassette Meissonier

Die Lichtströmungen des Glühwürmchens

Wenn Träume wahr werden

Bibliografische Information der Deutschen Nationalbibliothek:
Die Deutsche Nationalbibliothek verzeichnet diese Publikation in
der Deutschen Nationalbibliografie; detaillierte bibliografische
Daten sind im Internet über http://dnb.dnb.de abrufbar.

weitere Mitwirkende: **Pepper Blue**
Foto Buchcover: **Mira Landwehr**
Herstellung und Verlag: BoD – Books on Demand, Norderstedt

ISBN: 978-3-7347-9423-0

Murawa

Sœlve döste ein wenig vor sich hin und versank wieder in einem Traum, den sie vor langer Zeit das erste Mal geträumt hatte. In letzter Zeit war dieser Traum aber immer wiedergekehrt, ohne dass sie ihn auch nur ein einziges Mal zu Ende geträumt hatte.

Sie befand sich auf einem kleinen Ausflugsschiff und redete mit einem Mädchen, das sich an ihren Arm angekuschelt hatte. Gemächlich glitt das Schiff über einen Fluss auf dessen beiden Seiten die Baumwipfel weit über den Fluss hingen und einen Eindruck entstehen ließen als ob man sich im tiefsten Dschungel befinden würde.
Nach einiger Zeit lichtete sich das Ufer und vereinzelt säumten kleine Häuser die Ufer. Diese Häuser hatten alle rosa leuchtende Fenster, die ein sanftes Licht auf das Wasser warfen. Während sie weiter dem Flusslauf folgten, wuchsen die kleinen Hütten langsam zu größeren Gebäuden an. In der Ferne konnte man auf einem Berg etwas entdecken, das an einen gigantischen Tempel erinnerte, der direkt aus der Zeit der Mayas hätte stammen können.

In dem Moment setze ein Trommeln, welches vom Tempel zu kommen schien, ein und wurde immer lauter.

Schlagartig schreckte sie aus ihren Tagtraum hervor und begriff, dass das Trommeln das Klopfen an ihrer Tür gewesen war.

Sie ärgerte sich ein wenig, dass sie immer durch irgendetwas aus dem Schlaf gerissen wurde, wenn sie in dem Traum an dieser Stelle angekommen war.
Leicht grummelig und immer noch verschlafen kam nur ein langgezogenes „Häääh?" aus ihrem Mund hervor.
„Na komm! Lass mich endlich rein! Warum hast du überhaupt abgeschlossen?", tönte Mias Stimme etwas genervt durch die Tür. Schlagartig wusste sie wieder wo sie war. Sie waren auf einer Studienfahrt, um an der Küste das letzte Schuljahr ausklingen zu lassen. Der Traum war schon wieder fast am Verblassen als sie sich erhob und sich zur Tür schleifte. Dass sie geschlafen hatte spürte sie nicht. Für Erholung war der Schlaf wohl zu kurz gewesen. Sie öffnete die Tür und Mia schaute sie gespielt böse an. Ihre türkisen Haare umspielten ihr Gesicht, wie immer als ob sich um sie herum der Ozean befinden würde.
„Magst mich nicht mehr, wa?"

„Doch! Doch!", erwiderte sie nur kurz angebunden, ging zurück zu ihrem Bett und ließ sich einfach drauf fallen. Mia ließ es sich nicht nehmen und warf sich direkt daneben und fing an Sœlve ein wenig den Kopf zu kraulen.

Diese genoss es sehr und kuschelte sich etwas näher an ihre beste Freundin an. Langsam glitt sie wieder in einen leichten Schlaf ab bis Mia sie irgendwann zärtlich weckte. „So Mäuschen, wir müssen dann mal langsam aufstehen. Gibt gleich Abendessen und du weißt ganz genau was wieder passiert, wenn wir da nicht auftauchen."

Als sie im Essraum ankamen, waren sie selbstverständlich wie immer die Letzten. Es waren auch schon alle Tische besetzt. Nur am Tisch von Lilly waren noch zwei Plätze frei. Sœlve hatte insgeheim darauf gehofft, dass sie in Lillys Nähe sitzen konnten. Lilly und ihre Freundin Steffi waren erst vor wenigen Wochen zu ihnen in die Klasse gekommen.

Schon vom ersten Moment an war Sœlve von Lilly vollkommen fasziniert. Sie war ein sehr zierliches Mädchen mit langen lilanen Haaren, die ihr bis zur Hüfte reichten, und hatte eine Ausstrahlung, die Sœlve an etwas erinnerte und sie wie magisch anzog. Sie hatte nur absolut keine Ahnung woher dieses Gefühl kommen könnte. Es war fast ein wenig so als würden sie sich schon ewig kennen.

Aber immer wenn sie sich mit ihr in Ruhe unterhalten wollte, kam wie aus dem Nichts diese nervige Steffi hervor geschossen. Mehr als nur einmal wurde sie von ihr ermahnt sich von Lilly fernzuhalten. Aber da Sœlve ein kleiner Dickschädel war, interessierte sie Steffis Gerede nicht im Geringsten. Diese trug obendrein recht elegante Kleidung, die ihr eine etwas eitle Ausstrahlung verpasste.

Wie es zu erwarten war, saß Steffi neben Lilly am Tisch, was Sœlve jedoch nicht kümmerte.

„Hier ist noch frei, oder?", fragte Sœlve mit einem leicht schelmischen Lächeln und setzte sich den beiden gegenüber an den Tisch ohne auch nur eine Antwort abzuwarten. Mia folgte ihr wenige Momente später.

Prompt kam von Steffi ein absolut giftiger Blick zur Begrüßung zurück. Da Lilly aber leicht lächelte, sehr zum Unmut von dieser Schreckschraube, wusste sie, dass sie das Richtige gemacht hatte. Das Essen schmeckte wenig überraschend einfach nur pappig und sie ließen lieber über die Hälfte liegen, um sich nicht spontan übergeben zu müssen. Sie fragte sich nicht zum ersten Mal weshalb es denn in

Jugendherbergen nicht einfach mal was Ordentliches zu Essen geben könne.

Nachdem alle vom Essen "gestärkt" waren, sollte es zu einem Ausflug gehen.
Ihr Ziel war eine Brücke, die angeblich bereits seit Jahrhunderten immer im Nebel liegen sollte. Das klang an sich schon interessant. Doch noch interessanter war es, dass an den Wänden der Schlucht sehr scheue Vögel lebten, die sich am liebsten im Nebel versteckt hielten bis es dunkel wurde. Am Tag wirkten sie so, als wären sie nur schwarze Raben, aber in der Dunkelheit, wenn das Mondlicht auf sie fiel, begann ihr Gefieder in einem schönen Blau zu leuchten und einzigartige Muster auf jedem einzelnen Vogel zu offenbaren. Bekannt waren sie unter irgendeinem lateinischen Namen, doch konnte sich Sœlve nur an die Übersetzung "Mondflügel" erinnern.
Alle stürmten in den Bus und nach einer guten Stunde durch Wälder und die Wallapampa fuhren sie an einer Schlucht entlang. Sœlve und Mia schauten gespannt durch das Fenster, um möglichst viel von dieser Landschaft sehen zu können. Es passte nicht so ganz zu der Landschaft, die sie sonst umgab. Die Schlucht wirkte wie eine Art Dschungel und Mia konnte sich den Kommentar, dass sie nur noch darauf

wartete, dass ein Äffchen aus dem Gebüsch heraus hüpfen würde, nicht verkneifen.

Während sie weiter fuhren, wurde die Schlucht immer grauer. Als der Bus endlich nahe der Schlucht auf einem großen Sandplatz hielt, fing es auch an langsam zu dämmern. Ihr Lehrer griff zum Mikrofon des Busses und sagte ihnen, dass sie fast am Ziel angekommen wären und von hier aus noch ein kleines Stück zu Fuß laufen müssten. Ab dem Parkplatz sei es nicht mehr erlaubt mit Fahrzeugen weiterzufahren, da der Rest der Strecke sich in einem Tierschutzgebiet befinden würde.

Sie verließen den Bus und raus ging es in die Wildnis. Am Rande des Platzes sorgte ein Zaun dafür, dass niemand zu nah an die Schlucht gehen konnte. Die andere Seite der Schlucht war aber noch gut zu erkennen, auch wenn die Schlucht selbst schon mit Nebel gefüllt war. Ein Boden war nicht zu erkennen.

Eine ältere Dame stand am Wegrand und wartete darauf, sie durch den Nebel zu führen. So folgten sie dem Pfad in den leichten Nebel hinein. Während sie nun diesem Pfad folgten, wurde es nach und nach immer schwerer etwas zu erkennen.

An den Seiten des Pfades standen Lampen aneinandergereiht, die in der Nacht den Pfad in ein angenehmes Orange tauchten. Leise Geräusche von Tieren erklangen in der Nähe.

Aber während sie weiter in den Nebel eindrangen, begann Sœlve zu glauben, dass sie ein leises Flüstern hören würde. Es war aber viel zu leise um etwas zu verstehen.

Sie fragte Mia, ob sie was gehört hätte aber die schaute sie nur leicht verwirrt an. Sollte es nur der Wind gewesen sein? Sie spürte aber außer der kühlen Feuchtigkeit des Nebels nicht einmal den Hauch eines Lüftchens. Und außer den Geräuschen der Tiere und dem Gemurmel ihrer Mitschüler war auch nichts zu hören was im Entferntesten an das von vorhin erinnerte. Sie musste es sich wohl eingebildet haben. Doch nach einigen Schritten konnte sie wieder diese Stimme vernehmen, die definitiv irgendwelche Worte sprach, die aber in einer Sprache waren, die sie nicht verstand.

Langsam näherten sie sich der Brücke und die Führerin erzählte etwas über die Mondflügel. Da beinahe Vollmond war bestand eine sehr hohe Wahrscheinlichkeit diese beim Spielen in den ersten Mondstrahlen beobachten zu können.

Während sie dies sagte, konnte man am Horizont den Mond aufsteigen sehen. Sie waren nun an der Brücke angekommen und unter ihnen zeigte sich ein Schauspiel, dass sie sich nie erträumt hätten. Unter der Brücke leuchteten unzählige blaue Lichter auf, die spielerisch umeinander tanzten. Der Gesang der Vögel war wunderschön und die Stimmung war idyllisch bis ein lauter Schrei von Lilly diese zerriss. Alle drehten sich abrupt zu ihr um, während sie auf dem Boden lag und sich die Hände schützend auf ihre Ohren drückte. Keiner wusste was passiert war.

Sœlve rannte zu ihr um zu sehen was mit ihr los war. Bei ihr angekommen hörte sie nur ein schwaches: „Bring mich bitte schnell von hier weg!"

Im selben Moment hörte sie wieder diese Stimme, die sie nicht verstand. Diesmal versuchte sie diese vollkommen zu ignorieren und versuchte Lilly aufzuhelfen. Diese hielt sich an ihrem Arm fest und wäre fast wieder umgefallen, wenn sie sich nicht auch an Sœlves anderen Arm festgekrallt hätte.

Steffi fing an zu brüllen, dass die beiden sich sofort voneinander lösen sollten, aber Mia gab ihr kurzerhand eine Ohrfeige, damit sie sich endlich wieder beruhigte.

Lilly bekam davon zum Glück nichts mit und gemeinsam gingen sie den Pfad zum Bus zurück. Zitternd drückte sie sich den ganzen Weg lang fest an Sœlve. Nach einer gefühlten Ewigkeit erreichten die beiden den Bus und der Fahrer ließ sie einsteigen. Erschöpft ließen sie sich auf die letzte Bank fallen und fielen in einen kurzen Schlaf. Beide merkten nicht wie die anderen wieder in den Bus kamen und sich dieser wieder auf den Weg in Richtung der Jugendherberge machte.

Nach einiger Zeit kamen sie dann endlich an und Mia weckte Sœlve vorsichtig auf. Lilly war schon vorher von Steffi hinausgebracht worden. Nach wie vor wusste keiner was an der Brücke wirklich passiert war. Da Sœlve immer noch sehr erschöpft war, ging sie mit Mia auf ihr Zimmer, wo sie sich sofort auf ihr Bett flätzte. Mia hingegen machte es sich in einem Sessel gemütlich und fing an in einem Buch zu lesen. Reden wollte keine von ihnen in dem Moment.

Nachdem einige Zeit verstrichen war, klopfte es leise an der Tür. Mia öffnete die Tür und sah verdutzt Lilly an, die leicht unsicher vor der Tür stand. „Darf ich hereinkommen?", fragte sie mit dünner Stimme. „Ähmmm ja... klar", kam es nur von Mia zurück. Vorsichtig betrat sie den Raum und setzte sich zu Sœlve aufs Bett. Noch bevor sie irgendetwas sagen konnte, fing sie schon an zu weinen und vergrub ihr Gesicht in ihren Händen. Die beiden Mädchen waren überrascht und wussten nicht wirklich was sie tun konnten. So nahmen sie Lilly in ihre Arme, die daraufhin nur noch schlimmer weinte als zuvor. Erst nach einer gefühlten Ewigkeit beruhigte sie sich ein wenig. Bis die letzte Träne geflossen war, waren aber noch viele liebe Worte von Mia und Sœlve nötig. Sie fragten auch immer wieder was denn mit ihr sei, aber Lilly wollte auf keinen Fall sagen was los war.

Nachdem aber auch die letzte Träne mit einem Taschentuch weggewischt war, kuschelten sie sich einfach aneinander und fingen an sich gegenseitig zu kraulen, bis sie irgendwann alle langsam einschliefen.

Mitten in der Nacht wurde Mia wach und krabbelte in ihr eigenes Bett um etwas mehr Platz zu haben. Dabei wachten Lilly und Sœlve auf und kuschelten sich näher aneinander. Bevor Lilly wieder einschlief, murmelte sie noch etwas in einem leisen unverständlichen Ton.

Als am nächsten Morgen der Wecker Mia und Sœlve aus den Träumen riss, war Lilly bereits verschwunden. Sie machten sich zwar ein wenig Sorgen, aber um einigermaßen fit für den Tag zu sein, gingen sie erst einmal Duschen. Für den letzten Tag der Klassenfahrt war eine Bootsfahrt geplant, an deren Ende ein Himmelsspektakel stattfinden sollte, das sogar die Nordlichter in den Schatten stellen sollte.

Nur alle 10 Jahre standen die Sterne in einer Konstellation, die den Anschein gab, als ob man mit dem bloßen Auge einen Blick in andere Galaxien werfen konnte.

Im Essensraum saß Lilly wieder neben Steffi, aber sie sah vollkommen anders aus. Ihre Haare waren auf einmal auf Kinnlänge abgeschnitten. Sie hatte wohl in dem Moment nicht so viel Acht darauf gegeben, wie es aussehen würde. Steffi hingegen sah wütend aus und der Ursprung ihrer Wut schien bei Lilly zu liegen. Die ganze Zeit redete Steffi auf sie ein und wirkte als würde sie gleich platzen.

Sœlve versuchte einen Moment lang Lillys Aufmerksamkeit zu erregen, indem sie ihr zuwinkte, aber Lilly sah nicht einmal auf. Sie sah noch viel trauriger als am Abend zuvor aus.

Den ganzen Tag hielt sich Lilly von Sœlve fern und Steffi klebte die ganze Zeit wie ein Schatten an ihr, so dass sie keine Chance hatte sie irgendwie abzupassen. Sie versuchte es zwar einige Male, aber jedes einzelne Mal tauchte Steffi auf und fing beinahe an sie anzubrüllen während sie verscheucht wurde.

So verging der Tag schleppend langsam während sich Sœlve Gedanken und Sorgen machte.

Nach dem Abendessen sollten sich alle in festlicher Kleidung treffen und gemeinsam einen kleinen Spaziergang zum Fluss machen, um dort mit dem Schiff zu dem Ziel zu gelangen. Sœlves Laune war inzwischen so richtig im Keller und sie hatte absolut keine Lust mehr mitzugehen. Erst nachdem Mia lange auf sie eingeredet hatte, machte sie sich dann doch fertig.

Im Aufenthaltsraum der Jugendherberge herrschte schon eine große Aufregung und es wurde laut darüber diskutiert wer denn das tollste Kleid trug oder wer die tollsten Haare hatte.

Einige Minuten später betrat auch Lilly den Raum und Sœlve wurde ganz still. Sie trug einen schicken Minirock mit einer Bluse und darüber einen Blazer. Von Steffi war diesmal weit und breit nichts zu sehen.

Es war Zeit zum Losgehen und Lilly kam auf Sœlve zu und hakte sich in ihrem Arm ein. Sie sah weiterhin sehr traurig aus und sprach nicht ein Wort.

Der Weg zu dem Schiff war wirklich sehr schön. Nach einigen Metern veränderte er sich zu einem festen Lehmpfad, der an den Seiten von hohen Gras gesäumt war. Da die Dämmerung schon einsetzte sahen sie im Vorbeigehen überall kleine Glühwürmchen aufsteigen. Das grüne Leuchten war wunderschön anzusehen.

So erreichten sie, begleitet von den Glühwürmchen, das Schiff und machten es sich an Bord bequem nachdem ein Entertainer jeden Einzelnen begrüßte und ihnen eine angenehme Fahrt wünschte. Als sie ablegten, kuschelte sich Lilly ganz nah an Sœlve, die ihren Arm um sie legte.

Während der Fahrt redete der Entertainer ununterbrochen in sein Mikrofon um ihnen alles Mögliche zu erklären. Es hörte ihm jedoch eh niemand zu.

Nach und nach beschlich Sœlve allerdings das Gefühl ein Déjà-vus von dem Traum zu haben, den sie in der Vergangenheit immer wieder gehabt hatte. Doch wurde sie aus ihren Gedanken gerissen, da Lilly in ihrem Arm wieder zu schluchzen begann.

Endlich begann Lilly zu sprechen und flüsterte ihr leise ins Ohr: „Ich hab dich lieb!" Sœlve war einen Moment lang sprachlos, antwortete aber dann mit einem leisen: „Ich dich auch!"

Die beiden schwiegen und schauten auf das Wasser, während das Schiff weiter über den Fluss glitt. An den Ufern des Flusses flogen überall Glühwürmchen auf. Vereinzelt konnte man auch kleine Häuser sehen, die zwar verlassen aussahen, aber in deren Fenstern Kerzen ein sanftes Licht erscheinen ließen.

Sœlves Herz schlug ein wenig schneller, da es immer mehr wie in ihrem Traum war.

Langsam nahm die Zahl der Häuser zu, die aneinander gereiht waren und in allen war derselbe Anblick. In jedem einzelnen Fenster brannten Kerzen, aber nicht ein einziger Mensch war zu sehen. Dafür zeichnete sich eine Erhebung in der Ferne ab, auf die sie unaufhaltsam zufuhren. Es war langsam alles andere als ein reines Déjà-vu, aber Sœlve wusste nicht, was sie tun konnte.

Sie kamen schließlich an einem Fähranleger an und während das Schiff anlegte, redete der Entertainer immer noch ohne eine Pause weiter.

Als sie das Schiff verließen, nahm Sœlve Lillys Hand in ihre eigene. Aus dem Augenwinkel sah sie einen leicht kritischen Blick von Mia, kümmerte sich aber nicht so sehr darum. Es machte sie, trotz ihres schlechten Gefühls im Bauch, einfach glücklich Lilly neben sich zu haben.

Der Weg vom Schiff zur Aussichtsplattform führte durch wahre Häuserschluchten auf eine emporragende Treppe zu. Im Zickzack schlängelte sich die fast unendlich lang erscheinende Treppe den Berg hinauf und schimmerte gleichzeitig im Licht der letzten Sonnenstrahlen golden. Alle stöhnten auf als ihnen bewusst wurde, dass sie da hoch mussten. Aber auch wenn es wirklich sehr viele

Treppenstufen waren, kam ihnen der Weg beim Aufstieg komischerweise gar nicht so schwer vor.

An den Seiten der Treppe reihte sich ein Haus an das Nächste und es gab keine andere Möglichkeit von der Treppe herunterzukommen, außer man würde eines dieser Häuser betreten. Sœlve fiel auf, dass in jedem einzelnen Fenster drei rote Kerzen brannten, obwohl es noch gar nicht so dunkel war, dass es sich gelohnt hätte. Lilly wurde offenbar etwas nervös, drückte aber nur Sœlves Hand stärker als zuvor und ihre Hand wurde leicht feucht.

Sie folgten den Treppen und erreichten schließlich ein Plateau, in dessen Mitte sich eine Art Pyramide mit einem schwarzen dreieckigen Eingang befand. Sie sahen Menschen in schwarzen Kutten und Fackeln in den Händen auf den Eingang zugehen und in ihm verschwinden. Sœlve war von diesem Anblick fasziniert und wollte nachschauen was dort genau passierte. Aber Lilly war an der Treppe stehen geblieben und nun ganz weiß im Gesicht. Sœlve spürte, dass auch ihre Hand ganz kalt war und ihr Griff sich immer mehr festigte.

Außer Lilly und Sœlve hatten die meisten kein Auge für diese Pyramide, denn die Mehrheit wurde von einem Fast Food-Tempel direkt neben den Treppen abgelenkt. Nach dem Essen in der Jugendherberge waren die meisten wie ausgehungert nach Fast Food. Sie strömten hinein und waren glücklich als sie ihre Burger und Pommes in den Händen hielten.

„Wir ... nein, du dürftest gar nicht hier sein!", flüsterte Lilly mit erstickter Stimme. Hinter ihnen zischte es und die Treppe war wie in Luft aufgelöst.

„Alle 10 Jahre wird die Erscheinung am Himmel genutzt, damit Vampire ihre Vampirhochzeit durchführen können. Es geht einfach nur darum möglichst vielen Menschen das komplette Blut auszusaugen..." Während Sœlve sie nur mit riesigen ungläubigen Augen anstarrte, redete sie einfach weiter: „...durch das Licht der Sterne und Planeten bilden sich leuchtende Muster auf den Körpern der Vampire, die sie noch wilder und aggressiver als sonst schon machen. Und wenn das Ritual erst einmal angefangen hat, dann hören sie erst auf, wenn sie alle Menschen ausgesaugt haben. Und das Schlimme ist in wenigen Momenten...", doch bevor Lilly den Satz beenden konnte, veränderte sich die Luft um sie herum und aus dem Eingang, in den zuvor die Kuttenträger gegangen waren, erklang eine leichte Melodie und sie konnten Bewegungen in dem Eingang erkennen.

Sie schauten sich nur kurz an und gingen ganz langsam rückwärts. Nach einigen Metern drehten sie sich um und fingen an zu rennen. Vor ihnen kamen hölzerne Stufen in Sicht, die den Tempel hinab in den Wald führten. Auf einmal dröhnte eine unendlich laute, dunkle Stimme durch ihre Ohren. Sie konnten zwar nicht verstehen was die Stimme sagte, aber es konnte nicht gut sein.

Während sie die Treppen hinunterstürzten, fing diese Stimme auf einmal an laut ZEHN zu brüllen. Der Wiederhall kam von allen Seiten als ob sie von der Stimme umzingelt wären.

Pure Angst ergriff sie und sie rannten schneller. Auf einmal zog Lilly Sœlve zur Seite und sie rannten in den Wald, der die Treppen säumte.

NEUN

Donnerte es in dem Moment. Sie durchbrachen ein Gestrüpp, das ihnen diverse Schrammen an Armen und Beinen zufügte.

ACHT

Durch den Boden, der leicht lehmig war, wurden ihre Schritte etwas schwerer als sie es auf den Treppen gewesen waren.

SIEBEN

Lilly rutschte aus und fiel auf den Boden. Als Sœlve versuchte ihr aufzuhelfen, rutschte sie auch fast aus.

SECHS

Lilly war wieder auf ihren Beinen und sie rannten weiter. Ein großer Baum, der aussah als wäre er gerade erst umgestürzt, tauchte vor ihnen auf und würde ihren Weg versperren.

FÜNF

Sœlve ergriff Lillys Hand, sammelte sich beim Rennen und riss Lilly mit sich während sie hinübersprang.

VIER

Sie wurden immer schneller und fingen an mehr den Berg hinunterzurutschen als zu rennen.

DREI

Die Stimme wurde noch lauter als zuvor.
„Der verdammte Fluss müsste doch langsam zu sehen sein!", dachte sich Sœlve, denn so langsam wurde es einfach nur brenzlig.

ZWEI

Da war der ersehnte Fluss und auch das Schiff kam in Sicht. Sie mussten nur noch schneller laufen. Sie erhöhten das Tempo und kamen endlich am Ufer an.

Die gebrüllte EINS wurde von schallendem Lachen begleitet. Der Himmel verdunkelte sich langsam. Sœlve riss Lilly empor und sie fanden sich auf dem Schiff wieder.

NULL

... Stille...

Vollkommene Stille.

Nicht ein Hauch eines Windes oder auch nur ein Tier war zu hören. Einzig Lillys und Sœlves angestrengtes Keuchen war das Geräusch, dass sie wissen ließ, dass sie noch am Leben waren. Auf einmal war es pechrabenschwarz und man konnte nichts mehr sehn. Ein vielfaches Zischen gefolgt von hämischen Lachen durchschnitt die Nacht.

In diesem Moment wussten sie, dass sie nicht mehr alleine auf dem Schiff waren. Schwarze Umhänge öffneten sich und leuchtenden Symbole kamen zum Vorschein. Lilly fing an zu kreischen, was die Vampire als eine Art Signal ansahen anzugreifen. Als das Geheule der Vampire begann, schlang Sœlve ihre Arme um Lilly und fing sofort an grün zu leuchten. Das Leuchten wurde immer stärker und umgab sie wie eine Art Schutzwand. Die Vampire, die wie verrückt auf sie zu rannten, prallten gegen die Schutzwand und lösten sich dabei in schwarze Asche auf. Das Geräusch der Sterbenden kreischte schrill in ihren Ohren.

Panisch wachte Sœlve aus ihrem Traum auf. Ihr Herz raste unglaublich schnell und sie war vollkommen mit Angstschweiß benetzt. Aus den Augenwinkeln nahm sie unversehens eine Bewegung wahr und sie drehte sich auf das Schlimmste gefasst danach um. Das "Schlimmste" war jedoch nur eine friedlich schlafende Lilly, die sich im Schlaf umgedreht hatte. Sœlve saß noch einen Moment mit geballten Fäusten da, bis sie sich völlig albern vorkam und sich erleichtert ins Bett zurückfallen ließ.

Jegliche Anspannung war von ihr abgefallen und sie strich sich die Haare aus dem verschwitzten Gesicht. Während sie sich die letzte Strähne wegstrich, verharrte sie mit der Hand vor ihrem Gesicht. Im Mondlicht, der durch das Fenster fiel, sah sie, dass an ihren Fingern dunkle Spuren waren, die wie schwarze Asche aussahen...

BorderlessMinds

Es war ein angenehmer Tag im Frühherbst, als Sœlve müde nach Hause kam und noch einmal den Briefkasten kontrollierte. Eigentlich hatte sie gar keine große Motivation überhaupt hinein zu schauen, da sie nicht gerade oft Post erhielt. Wenn dann doch mal etwas im Kasten war, handelte es sich meist nur um irgendwelche Werbung oder andere Dinge, die sie nicht interessierten.

So war sie umso erstaunter, als sie einen Brief eines großen Fernsehsenders herausfischte. Sie beeilte sich in die Wohnung zu gehen und riss den Briefumschlag bereits im Treppenhaus halb auf. In der Wohnung ging sie direkt in ihr Zimmer und fläzte sich auf ihr weiches Sofa.

Sehr geehrte Frau Lopez,

hiermit möchten wir Sie zu unserer Premierensendung unserer neuen Spielshow „BorderlessMinds" einladen. Wir leben heute in der Zukunft und würdigen dies mit einer Spielshow, die dessen angemessen ist.

In modernen Virtual Reality Kapseln erleben Sie ein Abenteuer, das Sie in eine fantastische Welt bringen wird. Vertrauen Sie uns: das möchten Sie sich nicht entgehen lassen.

Als Gast der Premierensendung werden Sie selbstverständlich von einer unserer Luxuslimousinen abgeholt und nächtigen den Tag zuvor, wie auch am Tag der Sendung in einem der edelsten Hotels unserer Stadt.

Sie werden sich sicherlich nur noch fragen, wann dieses Spektakel stattfinden wird.

Am 19. dieses Monats findet die Aufzeichnung statt.

Über eine positive Rückmeldung von Ihnen würden wir uns bis zum 10. freuen. Rufen Sie einfach bei der im Briefkopf angegeben Rufnummer an und sagen Sie zu, den Rest erledigen wir für Sie!

In Vorfreude auf Ihre Zusage

Ihr BorderlessMinds Team

Sœlve warf einen Blick auf ihren Kalender, der ihr sagte, dass heute der 9. des Monats war. Sie wusste nicht warum ausgerechnet sie ausgewählt worden war, hatte aber schon eine gewisse Lust daran teilzunehmen.

Kurze Zeit später erschien das Gesicht von Lilly auf ihrem Handy.

„Hey Mausi!", erklang freudig die Stimme ihrer Freundin: „Ich hab ne Einladung zu einer neuen

Spielshow erhalten, ist das nicht verdammt cool?!"

Sœlve fing an zu grinsen und antwortete: „Rate mal wer auch so eine Einladung vor sich liegen hat."

Ein lautes Quietschen erklang auf der anderen Seite. „Dann können wir ja gemeinsam fahren!!"

„Ich weiß noch gar nicht, ob ich überhaupt hin will… hast du ne Idee warum die gerade uns ausgewählt haben?"

„Woher soll ich das denn wissen? Aber wir kommen ins Fernsehen! Das kannst du doch auch nicht jeden Tag! Und wir können etwas Zeit miteinander verbringen!"

Das war natürlich ein Argument.

Lilly war eine Art moderner Vampir und kam vor nicht all zu langer Zeit in die Klasse von Sœlve und auf der Klassenfahrt sollten sie alle Vampiren als Zwischenmahlzeit gereicht werden… Leider überlebte aber keiner der Vampire diesen „geselligen" Abend. Ihr Vater hätte Sœlve am Liebsten selbst umgebracht, hatte dazu aber nicht die Kraft. Daher versuchte er jeglichen Kontakt zwischen den beiden zu unterbinden. Die beiden sahen sich dennoch recht oft ohne dass irgendjemand etwas mitbekam.

„Okay... du hast mich überredet... ich bin dabei! Aber nur deinetwegen!", antwortete sie nach einigen zögerlichen Augenblicken.

Wieder ertönte ein lautes Quietschen von Lilly. „Ich freu mich so darauf! Vielleicht können wir ja auch in einem Zimmer schlafen!"

Die Zeit bis zum 18. verging extrem schnell. Die Koffer waren bereits gepackt und beide Mädchen waren auf das was vor ihnen lag sehr gespannt.

Pünktlich stand die Limousine vor Sœlves Haus und in ihr saß bereits Lilly und grinste über beide Ohren als sie die Tür aufstieß und ihr entgegen gesprungen kam.

Diese war nicht darauf vorbereitet und beide landeten auf dem Boden. Zum Glück war das Gras weich genug, damit die beiden sich nicht wehtaten. Als sie so auf dem Boden lagen, fingen sie gemeinsam an loszulachen.

Als die beiden endlich aufgehört hatten zu lachen, stand auf einmal ein Herr im Anzug neben ihnen und bot ihnen höflich die Hand zum Aufstehen an. Passend zum schwarzen Anzug trug er beinahe leuchtend weiße Handschuhe und eine Mütze auf dem Kopf. Die beiden schauten sich an und fingen sofort wieder an zu lachen.

Nach einigen Augenblicken bekamen sie sich wieder ein und ließen sich nacheinander aufhelfen. Schnell war der Koffer von Sœlve im Kofferraum verstaut und die Limousine machte sich auf den Weg.

Die Fahrt dauerte zwar einige Stunden, aber die beiden genossen die gemeinsame Zeit. Sie alberten herum und spekulierten wild wie die anderen Teilnehmer der Spielshow wohl sein würden.

Als die Limousine endlich am Hotel angekommen war, hielt sie direkt vor dem Haupteingang und noch bevor sie den Wagen verließen, glaubten sie, dass sie ihren Augen nicht trauen konnten. Sie wurden empfangen als ob sie Promis wären. Sie hielten vor dem Haupteingang, auf dem ein roter Teppich ausgerollt war. Entlang des roten Teppichs standen auf jeder Seite sechs junge Männer in Smokings und lächelten fröhlich in ihre Richtung.

Der Chauffeur stieg aus und öffnete die Tür, so dass die beiden aussteigen konnten. Beide waren von dem Empfang überwältigt. Während sie über den Teppich zum Eingang gingen, verfolgten sie die Augen der jungen Männer. Nachdem sie ungefähr die Hälfte des roten Teppichs erreicht hatten, schwangen die Eingangstüren wie von alleine auf und sie konnten eintreten. Ihnen kam eine ältere Dame entgegen, die Lilly seltsam bekannt vorkam und begrüßte sie überschwänglich. Sie war die Produktionsleiterin und freute sich, dass sie als eine der Ersten angekommen waren. Für abends gegen 20 Uhr war ein Buffet geplant an dem sich dann alle Teilnehmer zum ersten Mal etwas näher beschnuppern konnten.

Ein Junge, der ungefähr in ihrem Alter war, stand auf einmal neben ihnen und bot an die beiden zu ihrem Zimmer zu bringen. Es hatte also geklappt, dass die beiden sich ein Zimmer teilen durften. Als der Junge die Tür zum Zimmer öffnete klappten beiden die Münder auf, da das Zimmer einfach nur gigantisch war. Ein riesiges, rundes, mit rotem Satin bezogenes Bett stand in der Mitte des Raumes und ließ den Raum noch viel größer wirken. An den Wänden hingen vereinzelte Bilder in goldenen Bilderrahmen. Aber das Bemerkenswerteste war die scheinbar nicht enden wollende Fensterfront. Dadurch entstand das Gefühl, dass man die ganze Stadt überblicken konnte. Die Skyline der Großstadt wirkte mit ihren Wolkenkratzern noch gewaltiger, als sie es aus dem Auto schon erahnt hatten.

Eine Tür an der Seite führte zu einem luxuriösen Bad mit einer riesigen Eckbadewanne, die so groß war, dass man locker mit mehreren Leuten in ihr sitzen konnte.

Vielleicht würde sich ja an dem Abend noch etwas ergeben.

Nach einer langen Zeit waren sie endlich mal wieder allein und dann auch noch in einem so tollen und vor allem großen Hotelzimmer.

Die beiden alberten herum und warfen sich auf das Bett, um sich gegenseitig ein wenig zu kraulen. Gerade als sie es sich richtig gemütlich gemacht hatten, klopfte es an der Tür. Lilly sprang schnell aus dem Bett und war innerhalb weniger Augenblicke bereits an der Tür um diese zu öffnen.

Der Junge, der sie zum Zimmer gebracht hatte, stand wieder vor der Tür, hatte diesmal aber einem kleinen Wagen dabei auf dem sich ein silberner Teller befand, der von einer silbernen Haube bedeckt war. Er schob den Wagen in den Raum und ging dann mit einem Lächeln im Gesicht wieder heraus.

Sobald die Tür geschlossen war, warfen sich Lilly und Sœlve auf den Wagen und stritten sich scherzhaft darum wer die Haube öffnen dürfte. Unter der Haube war allerlei frisches Obst, das keinerlei Wünsche offen ließ. Jedoch befanden sich auch zwei goldene Umschläge darin, die mit ihren Namen in einer feinen, verschnörkelten roten Schrift versehen waren. Bevor sie jedoch die Umschläge öffneten, sprangen sie wieder auf das Bett um es wieder gemütlicher zu haben.

Sie öffneten ihre Umschläge und fanden beide eine grüne und eine violette Karte, einen schwarzen und einen weißen Briefumschlag, sowie einen Brief und eine durchsichtige Folie. Der Brief selbst sah sehr schlicht aus und war auch kurz gehalten. Lilly las ihren laut vor.

Liebe Teilnehmerin, Lieber Teilnehmer,

Sie sind die Auserwählten, die mit uns gemeinsam in ein neues Zeitalter gehen. Wir möchten Ihnen auf eine besondere Art und Weise für die Teilnahme an BorderlessMinds danken. Neben dem hohen Geldgewinn haben Sie die Chance sich oder einem anderen Menschen, der Ihnen nahe steht einen Herzenswunsch zu erfüllen.

Sicherlich fragen Sie sich jetzt, was dies sein könnte und woher wir wissen, was Sie sich schon lange wünschen? Wir bei BorderlessMinds haben halt unsere Methoden.

Aber kommen wir doch zu den netten Dingen. Wenn Sie die durchsichtige Karte auf die Rückseite dieses Briefes halten, werden Sie eine Schrift sehen, die sonst verborgen ist. Dort steht Ihr größter Herzenswunsch sowie der Name einer Person, die Ihnen nahe steht.

Sollten Sie sich für Ihren Wunsch entscheiden, dann legen Sie bitte die grüne Karte in den schwarzen Umschlag. Wenn Ihnen aber die andere Person wichtiger ist, dann legen Sie bitte die violette Karte in den Umschlag. Die andere Karte stecken Sie bitte in den weißen Briefumschlag. Beide Umschläge geben Sie bitte heute Abend beim Dinner ab.

Ihnen sei noch gesagt, dass Sie niemanden mitteilen dürfen, welche Entscheidung Sie gewählt haben oder welcher Wunsch Ihnen, im Falle eines Sieges, erfüllt werden würde. Sollten Sie es doch tun, dann werden Sie automatisch von der Teilnahme an unserer wunderbaren Sendung ausgeschlossen.

Ihr BorderlessMinds Team

Während Lilly vorlas, schauten sie sich immer wieder leicht verwundert an und als sie zu Ende gelesen hatte, herrschte zwischen beiden für einige Momente vollkommene Stille, in der sie sich nur anblickten.

"Meinen die das wirklich ernst?", fragte Sœlve mit einem sehr verdutzten Ton in ihrer Stimme. Lilly antwortete nicht, aber ihr Gesichtsausdruck sprach Bände. Irgendwie erinnerte dieser Ausdruck Sœlve an etwas, aber sie wusste nicht wann sie Lilly das letzte Mal so gesehen hatte. So lagen sie nebeneinander auf dem Bett, schwiegen vor sich hin und verfielen in Gedanken. Nach einer gefühlten Ewigkeit stand Lilly ohne ein Wort zu sagen auf und nahm ihre Zettel mit ins Bad. Da Sœlve nun allein war, nahm sie auch ihre durchsichtige Folie und legte diese auf die Rückseite ihres Briefes.

Ihr stockte der Atem als sie las welche Worte erschienen waren. Es war wirklich ein Wunsch, den sie schon sehr lange hegte, aber sie hatte nie zuvor mit irgendjemanden darüber gesprochen und sie konnten es einfach nicht wissen.

Der Name der Person dessen Herzenswunsch sie auch erfüllen konnte, wunderte sie dann auch nicht mehr so sehr. Es war natürlich Lilly.

Diese war nach wie vor im Bad, wo es weiterhin still war. Sie überlegte kurz und traf dann ihre Entscheidung. Als sie beide Umschläge zugeklebt hatte, kam auch Lilly aus dem Bad und hielt ihre Umschläge in der Hand.

"Hast du Lust auf etwas Entspannung?", fragte Lilly sie. "Die Badewanne sieht echt voll gemütlich aus." Sœlve nickte nur knapp und kurze Zeit später war die Badewanne auch schon mit einem Schaumbad vollgelaufen, das nach Vanille und Waldmeister duftete.

Als sie dann beide im warmen Wasser saßen, entspannten sie sich langsam und fingen wieder an miteinander zu reden. Nur die Umschläge sprach keine von ihnen an.

Da sie den Wagen mit dem Obst mit ins Badezimmer genommen hatten, konnten sie zwischendurch immer wieder naschen und sobald das Wasser zu kalt wurde, ließen sie warmes Wasser nachlaufen. So verging der Nachmittag wie im Flug und es wurde Zeit sich für das Buffet fertig zu machen.

Wieder gut gelaunt gingen sie kurz nach 20 Uhr zum Speisesaal des Hotels. Für die Teilnehmer von BorderlessMinds war ein kleiner Raum reserviert worden, der mit einer fast komplett undurchsichtigen Milchglaswand vom Rest des Saales getrennter war. An der Tür zu dem Raum stand der Junge, der sie auf ihr Zimmer gebracht hatte und erbat ihre Karten. In dem Moment, als sie ihm die Karten gegeben hatten, öffnete sich schon die Tür. Ein großer Mann mit einem tiefschwarzen Anzug und genau derselben Haarfarbe schritt fröhlich auf sie zu, begrüßte sie überschwänglich und umarmte sie herzlich. Er stellte sich als Moderator der Sendung vor und bevor die beiden überhaupt reagieren konnten, fiel ihnen auch schon die Produktionsleiterin um den Hals.

Wie sie es sich schon gedacht hatten, waren sie wie immer die Letzten, die da waren. Sie setzten sich auf die beiden letzten freien Stühle und wurden auch von den anderen Teilnehmern begrüßt. Nach einer ausführlichen Vorstellungsrunde wurde das Essen serviert, das einfach nur köstlich war. Jeder bekam etwas, was er oder sie besonders gerne aß. Im Falle von Lilly und Sœlve gab es sogar grüne Pfannkuchen, die tatsächlich einen ganz zarten Nachgeschmack von Waldmeister hatten. Zum Essen wurden edle Weine und Champagner, sowie exotische Fruchtsäfte gereicht.

Alle unterhielten sich angeregt und es wurde viel gelacht. So verflog auch der Abend wie im Flug und irgendwann war es Zeit um schlafen zu gehen.

Die beiden verließen die ausgelassene Gruppe und gingen gemeinsam auf ihr Zimmer. Sie lagen zwar schon recht schnell aneinander gekuschelt im Bett, aber sie redeten noch sehr lange bis sie irgendwann einschliefen.

Mitten in der Nacht wurden sie aus dem Schlaf gerissen, da ein Geräusch von auf dem Boden zerschellendes Glas ertönte, das von einem tiefen männlichen Lachen gefolgt wurde. Schlagartig setzten sich Sœlve und Lilly kerzengerade im Bett auf und um Sœlve herum erschien ihr grünes Glimmen, während ihr Herz immer schneller schlug. Die Stimme hatte sie vor einer langen Zeit gehört und das würde nichts Gutes bedeuten.

Schnell schaltete Lilly das Licht auf ihrer Seite des Bettes an und beide schauten sich im Zimmer um. Es war aber nichts Ungewöhnliches zu erkennen, also standen sie auf und gingen vorsichtig ins Badezimmer, um dort nach dem Rechten zu sehen. Sœlve war darauf gefasst, dass jemand dort war und auf sie wartete, aber auch in dem Raum war nichts zu finden. Nicht einmal einen winzigen Glassplitter konnten sie finden.

Hatten sie sich das nur eingebildet?

Beide beruhigten sich langsam, aber dennoch blieb ein flaues Gefühl im Bauch mit dem sie dann wieder ins Bett gingen und schließlich einschliefen.

Am nächsten Morgen wurden sie durch ein Klopfen an der Tür geweckt. Wieder stand der Junge mit einem kleinen Wagen vor der Tür und brachte das Frühstück. Eigentlich hätten sie gerne noch ein wenig geschlafen, aber das Essen roch so gut, dass sie doch ihren kleinen Hunger spürten.

Nach dem Essen machten sie sich fertig und bummelten den Tag in der Stadt. Bis zum frühen Abend hatten die beiden alle möglichen Geschäfte der Innenstadt unsicher gemacht, unzählige Klamotten anprobiert und die eine oder andere Kleinigkeit gegessen. Schließlich machten sie sich mit einem Eis in der Hand zurück auf den Weg zum Hotel. Dort angekommen dauerte es auch nicht lange bis sie abgeholt werden sollten. Sie hatten sich gerade frisch gemacht, als schon wieder der Junge an der Tür klopfte und ihnen sagte, dass die Limousine bereits auf sie wartete.

Die Fahrt dauerte vom Hotel nicht lange bis sie an einem riesigen Gebäudekomplex mit dem Logo des TV-Senders ankamen. Allerdings hielten sie nicht wie beim Hotel direkt davor, sondern die Limousine fuhr erstmal um das Gebäude herum und hielt dahinter. Als sie ausstiegen, sah es nicht ganz so prächtig aus wie von vorne, aber bevor sie sich näher umschauen konnten, gingen bereits zwei Türen auf und die Produktionsleiterin begrüßte sie wieder überschwänglich mit Küsschen links- und Küsschen rechts-Getue.

"Ihr seid recht spät dran!", rief sie und zerrte sie ins Gebäude. Sie gingen durch zahlreiche Gänge bis sie auf einmal an einer Tür stehen blieben. "Maske" stand in großen Buchstaben auf der Tür. Als sie die Tür öffnete, drehten sich zwei ältere Frauen lächelnd zu ihnen um, die bis dahin in ein Gespräch vertieft waren.

Sœlve und Lilly wurden gebeten auf zwei gemütlichen Stühlen vor einer riesigen

Spiegelwand Platz zu nehmen. Nach einer Stunde waren die beiden geschminkt und gestylt und weitgehend fertig für die Sendung. Beide bekamen große schwarze Kleiderbeutel sowie einen Karton in die Hand gedrückt und wurden in einen weiteren Raum gebracht, in dem sie sich umziehen konnten.

In den Kleiderbeuteln waren zwei wunderschöne schwarze Kleider, die sich an sie anschmiegten, als wären sie nur für sie gefertigt worden. Schwarze Stickereien von Blumen zogen sich über die Kleider, die bis zu ihren Knöcheln reichten. In den Kartons befanden sich passende schwarze Pumps mit hohen Absätzen, die ebenfalls mit dem Muster der Kleider bestickt waren. Sie schauten sich an und strahlten sich gegenseitig in die Gesichter.

An der Tür klopfte es und es wurde gefragt, ob sie bereits fertig wären. Bevor Sœlve irgendwas antworten konnte, rief Lilly schnell, dass sie noch einen Augenblick benötigen würden.

Etwas verdutzt schaute Sœlve sie an, aber Lilly legte nur sanft den Zeigefinger auf ihren Mund. Sie drehte sich um und suchte etwas in ihrer Handtasche, die hinter ihr auf einem Stuhl lag.

"Jetzt musst du aber die Augen schließen.", forderte sie ihre Freundin auf. Diese schloss auch folgsam ihre Augen und fühlte wie sich Lillys Arme um ihren Hals legten. Gleichzeitig legte sich etwas Kühles auf ihre Brust. Als Lilly die Hände von ihrem Arm nahm, gab sie ihr einen Kuss auf die Wange und trat einen Schritt zurück. "Es ist nur eine kleine Antwort, aber du weißt wofür."

Sœlve nahm den Anhänger, der nun an einer langen Kette um ihrem Hals hing, in die Hand und bekam ganz feuchte Augen. Es handelte sich um ein silbernes Herz, welches nur aus feinen Mustern bestand. In der Mitte des Herzens befand sich ein Rahmen in Form eines kleinen Herzens aus weißen Kristallen. Durch den Rahmen leuchtete eine kleine mit roten und weißen Kristallen besetzte Kugel, die im Licht zu glühen schien.

Sie fiel Lilly um den Hals, drückte ihr einen langen Kuss auf die Wange und flüsterte ihr ein leises "Ich hab dich sehr doll lieb..." ins Ohr. Sie schluckte einmal kräftig und ihre Stimme versagte für einen kurzen Moment. "Wenn du wüsstest-", sie hustete kurz und versuchte ihre Stimme wiederzufinden. "Wenn du wüsstest wie sehr du mir jeden Tag fehlst, wenn wir uns nicht sehen...", sagte sie leise während ihr eine weitere Träne das Gesicht herunter lief.

"Ab jetzt ist immer ein Teil von mir bei dir.", antwortete Lilly während sie ihr die Tränen vorsichtig aus dem Gesicht wischte und sie noch einmal lange umarmte.

Wieder klopfte es an der Tür und die beiden schauten sich noch einmal tief in die Augen bevor sie die Tür öffneten.

"Ihr seht ja einfach bezaubernd aus, ihr Täubchen!", sprudelte es aus der Produktionsleiterin hervor, die sie sofort ihre Hände ergriff und sie erneut durch lange Gänge zog.

Das Gebäude konnte eigentlich gar nicht so viele Gänge haben, gemessen daran wie oft sie in unterschiedliche Gänge abbogen, aber sie erreichten dann irgendwann doch einen kleinen Raum in dem bereits die anderen Mitspieler warteten.

Immer zwei Teilnehmer waren gleich gekleidet und hatten ein anderes Muster auf ihrer Kleidung. Viel Zeit zum genaueren Anschauen hatten sie leider nicht, da der Moderator den Raum betrat und ihnen den Ablauf der gleich beginnenden Sendung erklärte.

Er würde eine kleine Begrüßung halten und dann nacheinander die einzelnen Teams auf die Bühne bitten. Der Rest würde sich dann in der Sendung nach und nach ergeben. Sœlve hörte nur mit wenig Interesse zu, da sie immer wieder auf das Herz schauen musste. Die Kugel im Herzen drehte sich leicht mit während das Herz bewegt wurde. Lilly stupste sie vorsichtig in die Seite um ihre Aufmerksamkeit wieder auf den Moderator zu lenken. Es half jedoch nicht wirklich.

Mit den erlösenden Worten "Ich wünsche Ihnen jetzt schon viel Spaß für die kommenden drei Stunden!", beendete der Moderator seinen Monolog und verschwand aus dem Raum. Ein im Raum stehender Fernseher sprang auf einmal an und zeigte ein Studio, das sie zuvor noch nicht gesehen hatten.

Der Moderator betrat die Bühne und begrüßte die Zuschauer, die ihn mit tosenden Applaus feierten.

Nach und nach rief er die einzelnen Teams auf die Bühne, die wenige Augenblicke vorher von der Produktionsleiterin aus dem Raum herausgeführt worden waren. Jedes Mal, wenn ein Team die Bühne betrat, wurde ein kleines Video eingespielt, das die Teilnehmer kurz vorstellte.

Da Lilly und Sœlve die Letzten waren, die aufgerufen wurden, konnten sie sich die Videos der anderen mehr oder weniger entspannt anschauen.

Das Video des letzten Teams vor ihnen war gerade angelaufen als sie schon abgeholt wurden. Wieder wurden sie durch einen langen Gang geführt und vor einer Tür sollten sie stehen bleiben. Das Licht erlosch langsam und Sœlve nahm Lillys Hand in die ihre. Vor ihnen schwang die Tür auf und sie betraten die hell erleuchtete Bühne unter dem Applaus der Zuschauer. Das Licht war aber so hell, dass sie nicht viel von der Zuschauerbühne sehen konnten. Der Moderator stellte die beiden vor und ihr Video wurde hinter ihnen auf einer großen Leinwand eingespielt. Nach dem Video forderte der Moderator sie auf in den Autoscooterähnlichen Sitzen Platz zunehmen.

Sie stiegen in die Sitze ein und als sie sich gerade gesetzt hatten, griffen Bügel von hinten über sie hinweg um ihnen einen sicheren Halt zu geben. "So schnell kommt man hier nicht raus.", dachte Sœlve sich in dem Moment, aber nur wenige Augenblicke später senkte sich auch schon ein Helm auf ihren Kopf hinab.

"Durch unsere VR Helme ist es uns möglich zu sehen, was unsere Kandidaten sehen und fühlen.
Das Schöne ist, dass wir alle nicht wissen was uns gleich erwartet, da die Welt aus den Gedanken unserer Mitspieler entsteht. Dank unserer fortschrittlichen Technologie können wir eine Welt erzeugen, die Sie gleich live erleben werden!
Noch analysiert unser System die Gedanken der Teilnehmer. Leider dauert es ein wenig bis die Welt vollkommen erschaffen ist. Aber wie ich höre ist das System jetzt fertig geladen!

Machen Sie sich bereit für die spannendste Show, die Sie jemals erlebt haben!"

Die VR Helme verdunkelten sich und auch im Studio wurde es nun komplett dunkel bis auf zehn blaue Symbole, die an einer Leinwand aufleuchteten. Neben jedem einzelnen Symbol flackerte ganz kurz der Name jedes Spielers auf. Sanfte Klaviermusik erklang von allen Seiten.
Ganz langsam zoomte die Kamera von den Symbolen weg. Die Symbole wurden immer kleiner. Wände erschienen im Sichtfeld. Die Kamera zoomte schneller hinaus, so dass schnell die Symbole nicht mehr zu erkennen waren. Die Wände bildeten eine Art Schutz zu den danebenliegenden Räumen. Je weiter die Kamera heraus zoomte, desto mehr sahen sie aus wie Zellen eines Lebewesens. Rote Flüsse umgaben die einzelnen Räume, während die Kamera sich immer weiter von den Symbolen entfernte und immer schneller wurde.
Dröhnende Musik mit starken Bässen ersetzte die sanfte Musik. Die Kamera schien eine noch dickere Wand zu durchbrechen und war außerhalb eines grauen Körpers. Zwei gewaltige graue Drachen erhoben sich in die Luft und ein blaues BorderlessMinds erschien in der Luft.
Es explodierte in tausend Teile und auf einmal war es wieder stockdunkel.

Das Intro war beendet und unversehens befand sich Sœlve in vollständiger Dunkelheit. Ein ungutes Gefühl keimte in ihrem Bauch auf bis nach einigen Momenten grüne Punkte vor ihr erschienen und sich mit leuchtenden grünen Linien verbanden. Alles flackerte vor ihren Augen auf und sie befand sich in einem Raum mit Wänden aus Metall. Direkt vor ihr war eine schwere, leicht bläuliche Tür, die statt einem Griff nur ein großes Rad hatte. Sie drehte sich um und zu ihrer Rechten befand sich ein ebenso massiv aussehender Schreibtisch mit einigen Schubladen. Außer dem Schreibtisch war da nur ein Bett und ein schmaler Schrank sowie ein leicht angelaufener Spiegel. Als sie den Spiegel mit ihren Blicken streifte bemerkte sie, dass sie nur in Unterwäsche im Raum stand. So wollte sie den Raum nicht verlassen, auch wenn eh schon alle Zuschauer sie so gesehen haben müssten.

Also ging sie kurzentschlossen auf den Schrank und öffnete ihn.

In dem Schrank befand sich lediglich ein weißer Ganzkörperanzug. Das gehörte nun nicht zu den gewöhnlichen Kleidungsstücken, die sie normalerweise tragen würde. Er war aus einem seidenartigen Stoff mit diversen Platten an empfindlichen Körperstellen. Er sah etwas zu klein für Sœlve aus, jedoch passte der Anzug, wie sie es sich schon insgeheim gedacht hatte, wie angegossen.

Sie wollte nun auch wissen wie es weiter ging und öffnete die Tür, indem sie das große Rad mehrfach drehte. Mit einem lauten Zischen glitt die Tür auf. So trat sie hinaus in den Flur, der wie der Raum in dem sie gerade noch war, in einem metallischen Blau gehalten war. Ihr gegenüber öffnete sich ebenfalls eine Tür und Lilly trat in einem weißen Anzug auf den Flur. Auf dem Boden erschienen rot leuchtende Pfeile, denen sie folgten. Sie kamen an vielen Türen vorbei, die alle genau so aussahen wie die zu den Räumen in denen sie dieses Spiel begonnen hatten.

Nach einigen Abzweigungen durch lange Gänge erreichten sie eine schwere Doppeltür, die lautlos aufglitt, als sie vor ihr standen.

Ein großer Raum erstreckte sich vor ihnen, der auch wieder komplett in dem metallischen Blau eingefärbt war. An den Seiten des Raumes befanden sich kleine Nischen in denen Bänke und Stühle standen. Langsam näherten sie sich einer dieser Nischen und entdeckten, dass die Tische und Stühle an sich aber schon eine Besonderheit waren. Im absoluten Kontrast zu dem allgegenwärtigen metallischen Blau in diesem Gebäude waren diese komplett durchsichtig, wie aus Glas. So wirkten sie in dieser tristen Umgebung wie kleine Edelsteine.

Da sie sonst nicht so recht wussten was sie tun sollten, setzten sie sich einfach in eine der Nischen und mussten aber nicht lange warten bis die anderen acht Teilnehmer sich im Raum einfanden.

Als sich alle gesetzt hatten und das Murmeln verstummt war, erklang eine Frauenstimme im Raum: "Nachdem der Test der neuen Maschinen heute Morgen so gut geklappt hat, haben Sie sich ein wenig Abwechslung verdient! Machen Sie sich bereit für einen kleinen Auftrag."

Wieder herrschte Stille bis hin zu leisem Murmeln. Lilly und Sœlve schauten sich kurz an, sagten aber nichts. Jede fragte sich innerlich was nun passieren würde.

Der Tisch vor den beiden leuchtete auf einmal schwach Violett auf und neben dem Tisch leuchtete eine gepunktete Linie in derselben Farbe auf. Sie pulsierte leicht und bewegte sich Richtung der Tür. Da sie nicht gewusst hätten, was sie sonst machen sollten standen die beiden auf und wollten dem Licht folgen. Dadurch sahen sie dass auch alle anderen Tische im einer Farbe aufleuchteten und sich an der Tür trafen.

So folgten sie ihrer Farbe aus dem Raum heraus und betraten den Gang. Hier teilten sich die Lichtwege in verschiedene Richtungen.

Das lilane Licht pulsierte immer schneller in Richtung einer violetten Tür. Als sie durch die Tür gegangen waren, sahen sie nur zwei violette Leuchtkreise auf dem Boden. Auch dieses Licht der Kreise pulsierte in schnellen Bewegungen. Sie stellten sich auf die Kreise und auch ihre bisher weißen Anzüge erstrahlten auf einmal in einem violetten Licht, das blendend hell wurde, wodurch die beiden ihre Augen zukneifen mussten. Als es nicht mehr ganz so grell leuchtete, erklang die Stimme von vorhin erneut: "Welcome Team Firefly! Durch Ihre mutigen Kampfeinsätze in der Vergangenheit und das erfolgreiche Abschließen des heutigen Tests haben Sie sich eine kleine Entspannung verdient. Es sind keine Monsteraktivitäten zu verzeichnen. Genießen Sie den Tag!"

Verblüfft schauten sie sich an und ihre Anzüge hörten auf zu leuchten. Sie hatten sich zu violetten Skianzügen verändert. "Bitte folgen Sie Ihrem Licht!"
Auf dem Boden pulsierte wieder das Licht auf, ging auf die Wand vor ihnen zu und schien in ihr zu verschwinden. "Bitte folgen Sie Ihrem Licht!"
Also gingen sie auf die Wand zu, die einen knappen Meter vor ihnen zischend zur Seite glitt.
Wieder pulsierte das Licht auf dem Boden, diesmal aber schneller als zuvor.

Helles weißes Sonnenlicht blendete sie und sie kniffen ihre Augen zusammen. Als ihre Augen sich an die Helligkeit außerhalb des Gebäudes gewöhnt hatten, sahen sie, dass alles von weißem Schnee bedeckt war, der das Licht reflektierte. Skibrillen bildeten sich vor ihren Augen und ihre Schuhe veränderten sich zu Snowboards.

Vor ihnen stand ein violettes Schneemobil, das zwei Handgriffe zum Festhalten hatte. Diese waren an längeren Bändern mit dem Schneemobil befestigt. Sie ergriffen jeweils einen Griff und der Elektromotor des Schneemobils fing an zu schnurren wie eine sehr große Katze.

Ehe sie etwas tun konnten, setzte es sich in Bewegung und raste den Abhang hinab. Schnee spritzte an ihnen hoch und traf jeweils die andere.

Es wurde immer schneller, aber den beiden machte es nichts aus. Links und rechts von ihnen tauchten vier andere Schneemobile mit den anderen auf.

Die Schneemobile rasten um die Wette und überholten sich immer wieder. Kleine Erhebungen wurden genutzt um über die anderen Schneemobile hinüber zu springen. Schließlich kreuzten sie zwei Bahnschienen, die tiefer im Schnee lagen. Die Schneemobile glitten auf eine der Schienen und rasten sie in noch schnellerer Geschwindigkeit als zuvor entlang. Um sie herum wuchs der Schnee immer mehr in die Höhe. Die Schienen schienen sich immer tiefer in den Schnee hinein zu graben.

Auf einmal dröhnte ein gewaltiges Donnern durch die bis dahin idyllische Landschaft und vor ihnen zogen schwarze Wolken am Himmel auf. Die Sonne verfinsterte sich und es wurde schlagartig dunkel. Ein roter Schein kam in der Dunkelheit immer näher auf sie zu. Ein ohrenbetäubendes Geräusch von Metall, das über Metall kreischte, wurde immer lauter.

Auf einmal konnten sie sehen was auf sie zukam. Ein brennender Zug raste unaufhaltsam auf sie zu während ihre Schneemobile ebenfalls darauf zuhielten. An den Seiten der Gleise war der Schnee inzwischen so hoch, dass sie keine Chance hatten nach oben zu kommen, aber Sœlve und Lilly reagierten so schnell sie konnten. Sie rissen gleichzeitig an ihren Handgriffen und ihre Schneemobile sprangen im letzten Moment vor dem Aufprall auf das andere Gleis. Eine Melodie erklang und der Himmel war kurzfristig rot eingefärbt. Sie drehten sich um und stellten fest, dass noch drei Schneemobile außer ihnen es geschafft hatten nicht in den Zug zu rasen. Gleichzeitig entgleiste der Zug hinter den Fahrern und kippte auf die Seite.

Alle hielten an um zu schauen was passiert war, aber die Hitze, die ihnen entgegen kam war einfach zu groß als dass sie etwas machen konnten. Als Sœlve versuchte in den Flammen etwas zu erkennen, konnte sie einen Mann erkennen. Sie rieb sich die Augen um noch einmal genauer zu schauen, aber sie sah niemanden mehr. Bevor sie aber was sagen konnte erklang die Frauenstimme aus dem Gebäude in ihren Ohren: "Team Butterfly wurde außer Gefecht gesetzt! Alarmstufe Rot! Wir werden angegriffen! Kommen Sie sofort zurück in unser Hauptquartier"

Der direkte Rückweg war durch den brennenden Zug versperrt, also mussten sie wohl oder übel den Weg nach vorne antreten. Sie starteten ihre Schneemobile und fuhren einfach weiter. Es war wieder still geworden und nur das Geräusch der Fahrzeuge summte durch die Dunkelheit. Je weiter sie sich vom Feuer entfernten, desto kälter wurde es auch wieder.

In der Ferne konnten sie eine Stadt erkennen, der sie sich langsam näherten. Hinter der Stadt lag das offene Meer. Wenn die Situation nicht so angespannt wäre, hätten sie sich sicherlich über die Romantik des Ortes gefreut. Doch so beschleunigten sie nur ihre Fahrzeuge, um so schnell wie möglich aus dem Schneetunnel heraus zu kommen.

Sie näherten sich schnell der Stadt und je näher sie kamen, desto flacher wurde der Schnee um sie herum. Als sie die Stadt erreichten mussten sie feststellen, dass der Schnee hier bereits geschmolzen war und sie mit ihren Schneemobilen nicht weiter kamen.

Auf einem Schild konnten sie lesen, dass sie nicht weit von einem Bahnhof entfernt waren. Zwar war die eine Bahnstrecke blockiert, aber vielleicht gab es ja andere Möglichkeiten zum Hauptquartier zu kommen.

Während sie nun durch die Stadt gingen, wunderten sie sich, dass sie auf keine anderen Menschen trafen. Bis auf die Geräusche des Winds war es vollkommen ruhig in der Stadt. Sie folgten der Hauptstraße und nahmen ein neues Geräusch wahr. Schließlich erreichten sie den Bahnhof an dem ein Zug mit einer laufenden alten Dampflok stand, so als ob diese nur auf sie gewartet hätte.

Die vier Teams schauten sich an und nach einer kurzen Beratung betraten sie den Zug. Sie verteilten sich auf mehrere Abteile, so dass Lilly und Sœlve wieder allein waren. Allerdings hielten sie sich nur an den Händen und redeten kein Wort miteinander. Das gleichmäßige Geräusch der Bahn ließ sie etwas schläfrig werden. Ein lautes Gebrüll drang von außen an sie heran. Bevor sie reagieren konnten, wurde die Bahn erschüttert. Sie schauten aus dem Fenster und ein mindestens vierzig Meter großes, silbern glänzendes Monster stürmte auf die Bahn zu und riss sie in die Höhe. Es ging so schnell, dass sie sich kaum festhalten konnten.

Sie hörten wie die Bahn auseinander gerissen wurde. Ein lautes Knirschen ertönte und wenige Sekunden später flog ein zusammen gedrückter Waggon durch die Luft. Wieder erklang die Melodie und der Himmel wurde kurz rot.

"Team SnowFrog wurde ausgeschaltet, passen Sie auf sich auf!", erklang die bekannte Frauenstimme.

Noch bevor die Stimme den Satz zu Ende gesprochen hatte, flog auch schon der nächste Waggon an ihnen vorbei.

"Team WildCat wurde ausgeschaltet, passen Sie auf sich auf!"

Und schon wieder leuchtete der Himmel rot auf. Es waren nun also nur noch das Team von Lilly und Sœlve und ein weiteres Team übrig. Sie wussten aber nicht, wer das nun war.

Ein riesiges Auge erschien an einem der Fenster und schaute neugierig in den Waggon hinein. Das Monster fing an den Waggon durchzuschütteln. Keine der beiden konnte sich mehr halten und sie fielen einmal durch den halben Wagon. Sie knallten schmerzhaft auf der unteren Seitenwand auf brüllten vor Schmerzen auf. Fast im selben Moment riss das Monster eine Hälfte vom Waggon ab und schmiss ihn einfach hinter sich. Sœlve versuchte ihre Schmerzen zu ignorieren und sich zu konzentrieren. Wenn das Spiel aus ihren Gedanken bestand, dann gab es eine Chance, dass sie ihre Kraft einsetzen konnte.

Tatsächlich klappte es und um sie herum erschien ihr grünes Leuchten. Sie ergriff Lillys Hand, die im selben Moment vom Leuchten umgeben war. Ihre Schmerzen verflogen im selben Moment und sie konnten wieder aufstehen.

Das Monster betrachtete sie mit einem amüsierten Blick und fing wieder an den Waggon zu schütteln. Die beiden konnten sich aber dieses Mal auf den Beinen halten. Kurzerhand schmiss das Monster den Teil ihres Waggons durch die Luft und sie knallten nur wenige Augenblicke später auf dem Boden auf. Sie wurden durch Sœlves Schutz so weit geschützt, dass ihnen nichts passierte. Mühsam schafften sie es sich aus dem Wrack zu befreien. So standen sie nebeneinander vor dem Wrack und versuchten sich zu sammeln.

Vor ihnen erhob sich das gewaltige Monster zu seiner vollständigen Größe. Es fing aber an zu lachen und schien zu schrumpfen. Erst dachten die beiden, dass sie sich irren müssten, aber das Monster wurde tatsächlich schnell kleiner und immer schwarzer. Nach nur wenigen Augenblicken war das Wesen nur noch wenig größer als sie selbst.

Lachend stand vor ihnen ein vollkommen in schwarzer Seide gekleideter Mann, den beide zu ihrem Entsetzen sehr gut kannten. Es war Lillys Vater.

Lilly ergriff Sœlves Hand und Sœlve leuchtet noch stärker in ihrem Grün, während Lilly ihre Vampirzähne wachsen ließ und zu fauchen begann.

Ihr Vater fing an zu lachen und auf einmal brüllte er Sœlve an: "Dich werde ich jetzt umbringen und es gibt nichts was du dagegen tun kannst!"

Er stürmte auf Sœlve zu, prallte aber an ihrem Schild aus Licht ab. Wieder fing er an laut zu lachen.

"Dieses Mal bin ich auf dich vorbereitet! Du wirst mich nicht mit deinem lächerlichen Licht zur Strecke bringen!"

Er trat einen Schritt zurück, nahm Anlauf und sprang mit einem gewaltigen Satz auf sie zu. Sœlve versuchte sich zu konzentrieren, damit ihr Schutz noch stärker wurde, aber diesmal schaffte es Lillys Vater hindurch zu brechen und ergriff mit beiden Händen ihre Kehle. Lilly fing an auf ihn einzuschlagen und fauchte wilder als Sœlve es je zuvor mitbekommen hatte, aber der Griff um ihren Hals wurde immer fester und sie bekam keine Luft mehr. Sie setzte alles auf einen letzten Versuch und fing an alles aus ihr heraus zu schreien. Ihr Schrei wurde ohrenbetäubend laut, so dass sich der Griff ein wenig lockerte. Vor ihrer Brust erschien die Kette, die Lilly ihr vor der Sendung geschenkt hatte und die sofort mit einem blendenden roten Licht zu leuchten begann.

Von ihrem eigenen Schrei erwachte Sœlve, und spürte noch wie sich die Hände um ihren Hals gelegt hatten, aber gleichzeitig spürte sie etwas Kühles auf ihrer Brust.

Ihr Herz pochte noch sehr schnell und sie atmete mehrmals tief ein und aus bevor sie sich an die Brust fasste. Sie hielt einen kleinen Gegenstand in der Hand, der an einer Kette um ihren Hals hing. Das Licht des Vollmondes schien in ihr Zimmer hinein und sie konnte die Herzkette erkennen, deren Kristallkugel im Mondlicht aufleuchtete.

Haciento Urbem

Mitten in der Nacht lag Sœlve auf ihrem Bett und schmökerte in einem Buch über Atlantis.

Nachdem Lilly ihr von einer Geschichte aus der Blütezeit der Vampire erzählt hatte, wollte sie unbedingt mehr über diesen vergangenen Kontinent erfahren.

Auch in der heutigen Zeit gab es viele Menschen, die nach wie vor an Atlantis und den Untergang des magischsten Kontinents aller Zeiten glaubten. Unzählige Mythen und Legenden verbreiteten sich im Laufe der Zeit und machten aus dem, was einmal gewesen sein konnte, ein Mysterium.

Wenn Lillys Erzählung der Vampire allerdings gestimmt haben sollte, dann war der gewaltige Kontinent Atlantis gar kein Kontinent, sondern eine kleine Stadt, die über Jahrhunderte gegen die Monster der Tiefe verteidigt wurde.

In der Sprache der Vampire hieß diese "Cul Al Dun Art Dirh". Alleine bei dem Gedanken an die Aussprache verknotete sich Sœlves Zunge schon. Übersetzt in unsere Sprache sollte es so viel wie "Das Blau des Landes" heißen.

Die Menschheit verbreitete sich über die ganze Welt und so konnten auch die Vampire sich mit ihnen ausbreiten. Irgendwann fanden sie in einer Bucht, die von gigantischen Felsen umgeben war, ein Fleckchen Erde am Meer. Hier ließen sie sich nieder und es entstand ein Dorf aus dem die Stadt, bekannt als Atlantis, werden sollte.

Die Menschen wollten auch in dieser Umgebung ihre Gewohnheiten beibehalten und in festen Häusern leben. So fingen sie an sich in den Fels hinein zu arbeiten und fanden dort ein einzigartiges Material. Es handelte sich um ein blaues Gestein, das sich wie perfekt für sie eignete. Es ließ sich sehr leicht abbauen und war in schier unendlicher Masse in dem Felsengestein vorhanden.

So entstand eine vollkommen blaue Stadt am Meer, die sehr rasch wuchs und immer mehr Menschen anzog. Innerhalb kürzester Zeit wurde aus dem kleinen Ort eine wahre Festung, die sich bis hinein in die Felsen zog.

So war die Stadt zur Landseite durch die Felsen vor allen möglichen Angreifern geschützt. Zur Wasserseite hin hatte die Bucht auch einen entscheidenden Vorteil: Fünf kleine Inseln ließen gerade so viel Platz, dass problemlos so viele Boote rein und rauskamen, wie es nötig war - gleichzeitig konnte aber alles andere abgehalten werden, wenn es sein müsste.

Die Inseln wurden mit Tunneln verbunden, die unter dem Wasser verliefen und auch zu den Felsen führten.

Während Sœlve weiter in dem dicken Buch schmökerte und über die Erzählung von Lilly nachdachte, spürte sie, wie es auf ihrer Brust langsam wärmer wurde. Sie schaute an sich herab und ein leichtes rotes Glühen erstrahlte von ihrer Kette, die sie um den Hals trug. Es war das Herz, das sie einst von Lilly erhalten hatte.

Es hatte bereits einmal von alleine angefangen zu leuchten, aber das war in einer Gefahrensituation, die gerade einfach nicht herrschen konnte. Das Glühen wurde immer stärker und fing an sich über ihren Körper auszubreiten. Kurz bevor sie komplett von dem roten Licht umgeben war, wurde es so hell, dass sie ihre Augen schließen musste.

Sie roch den Geruch von Salz in der Luft und hörte Möwen in der Ferne schreien. Sie wusste, dass das nichts Gutes bedeuten konnte, also öffnete sie ihre Augen, denen sie gleich danach nicht trauen wollte. Vor ihr erstreckte sich eine blaue Straße und alles um sie herum war einfach nur strahlend blau. Sie rieb sich ihre Augen und hoffte gleich wieder in ihrem Bett zu liegen.

Doch bevor sie fertig war, hörte sie schon eine bekannte Stimme hinter sich ihren Namen rufen. Sie drehte sich um und erkannte sofort die violetten Haare von Lilly. Wie hätte es auch anders sein können, fragte sie sich selbst.

Lilly lief schnell auf sie zu und sprang sie, wie jedes Mal wenn sie sich sahen, an. Sœlve war zwar darauf vorbereitet, fand sich aber trotzdem mit einer lachenden Lilly auf sich drauf, auf dem Boden wieder.

"Wie wir hier hergekommen sind muss ich dich nicht fragen, oder?", fragte sie die noch immer grinsende Lilly.

Diese zuckte nur mit den Schultern und meinte keck: "Da wirst ja wohl du dran Schuld sein... ich hab definitiv nichts getan!"

Sœlve erzählte ihr, während sie sich aufrappelten, dass sie in einem Buch über Atlantis gelesen hätte und ihr Herz dabei angefangen hätte zu leuchten.

"Na dann ist ja klar, warum du hier bist, aber nicht warum ich auch hier bin... obwohl... hast mich mal wieder zu viel vermisst, wa?"

Die Sonne stand hoch am Himmel und sie gingen gemütlich durch die Straßen. Während sie so entlang spazierten, kamen ihnen nur wenige Menschen entgegen. Es versprach ein sehr ruhiger und entspannter Tag zu werden. Das Rauschen des Meeres erklang in der Luft und immer wieder kreischten Möwen, die über der Stadt ihre Bahnen zogen.

Nach einiger Zeit erreichten sie das Wasser und waren von der kristallklaren Küste begeistert.

Sie konnten auch die fünf Inseln entdecken, die vor der Stadt lagen. Auf jeder dieser Inseln befanden sich Türme, die im Gegensatz zur Stadt aus nachtschwarzem Gestein waren.

Sœlve wunderte sich darüber, da sie dachte, dass alle Gebäude aus dem blauen Gestein hergestellt worden wären. Daher erklärte Lilly ihr mit wenigen Sätzen, dass die Türme eine Art Schutz sein sollten, damit die blaue Stadt nicht sofort vom Meer gesehen werden konnte.

Sie setzten sich an eine Kaimauer und ließen ihre Füße im kühlen Wasser baumeln.

Irgendwann konnte Sœlve die Frage, die ihr schon länger durch den Kopf ging, nicht mehr zurückhalten.

"Sag mal... wie alt bist du eigentlich?" Lilly schaute sie nur mit einem schelmischen Grinsen im Gesicht an und antwortete mit einem knappen: "Älter als du, mein Häschen!"

Sie schwiegen und irgendwann legte sich Sœlve mit dem Kopf auf Lillys Schoß, die sie daraufhin zu kraulen begann. Ganz leise fing Sœlve an wie ein kleines Kätzchen zu schnurren.

Die Sonne wanderte langsam über das Himmelszelt und die Zeit verging wie im Fluge. Eine leichte Brise sorgte für eine angenehme Abkühlung. Während der Zeit genossen die beiden es einfach nur beieinander zu sein.

Ganz langsam war die Sonne hinter den Felsen verschwunden und die Dämmerung setzte ein.

Das Wasser und auch ein Großteil der Stadt verfärbten sich in ein sanftes Orange.

Ein Geräusch in der Ferne erklang, das sich so anhörte als hätte jemand in ein Horn geblasen. Nur wenige Augenblicke später erklang dieses Geräusch von mehreren Seiten und jedes Mal schien es näher und näher zu kommen.

Die fünf Türme auf den Inseln, die sich bis jetzt wie in einem tiefen schwarzen Schlaf befanden, erwachten zu hektischem Leben. Sœlve dachte bis dahin, dass die schwarzen Gebäude keinerlei Fenster hatten. Doch in den bisher unsichtbaren Fenstern der Türme flammte unversehens blutrotes Licht auf.
Weder Lilly noch Sœlve wussten was das zu bedeuten hatte. Mit der Stille war es aber endgültig vorbei. Ein lautes Sirenengeheul durchschnitt die Luft und in der Stadt erwachte auf einmal das Leben. Immer mehr Menschen kamen aus den Häusern und rannten an ihnen vorbei. Niemand achtete auf die beiden Fremden, auch wenn ihre Kleidung sich vollkommen von denen der Einwohner unterschied. Die Bewohner von Atlantis trugen nur Kleidung aus roten, schwarzen und weißen Leinen, während Lilly und Sœlve ihre alltägliche Straßenkleidung trugen.

Und diese konnte kaum unauffälliger sein und stach aus der Masse hervor. Während Lilly ein schwarzes Tanktop und dazu eine Leggins trug, hatte Sœlve neben einem Tanktop, das so ähnlich wie das von Lilly aussah, einen schwarzen aufgebauschten Minirock an.

Der Himmel verdunkelte sich langsam immer mehr und die Lampen an den Hauswänden begannen in einem leichten Orange die Straßen zu erleuchten. Durch das Licht der Lampen fiel auf, dass alle Fenster mit Läden verschlossen waren.

Wieder herrschte vollkommene Stille und die Türme auf den kleinen Inseln wirkten beinahe wie die Kerzen auf einem Adventskranz. Doch dann zischte etwas durch die Luft. Irgendwo weit hinter ihnen gab es eine sehr leise Explosion, von der aber nichts zu sehen war. Weit vor den Türmen flammten in der Schwärze der Nacht auf dem Wasser kleine leuchtende Punkte auf. Lilly entdeckte sie noch bevor Sœlve irgendetwas sehen konnte. Lilly konnte auch in tiefster Dunkelheit sehr viel mehr sehen als normale Menschen. Die Pupillen ihrer hellblauen Augen veränderten sich, wenn sie auf Jagd war oder einfach besser in der Dunkelheit sehen wollte, zu violetten katzenähnlichen Schlitzen. Jedes Mal wenn sich

Lillys Augen so veränderten war Sœlve von diesem Anblick vollkommen fasziniert und genoss es in diese schauen zu können. Dies war aber kein Moment, an dem das angebracht gewesen wäre. Lilly wirkte sehr angespannt und fing leise an etwas zu murmeln, was Sœlve nicht verstand und woraufhin sie nachfragen musste.

"Es war ja irgendwie klar, dass wenn wir eine Reise durch die Zeit machen, wir an einem Moment wie genau jetzt landen. Passt ja zu unserem üblichen Timing, gelle?", meinte Lilly in einem Ton, der noch mehr verdeutlichte, wie angespannt sie war. In diesem Moment begriff Sœlve, dass sie sich kurz vor dem Untergang von Atlantis befinden mussten.

Die Lichter auf dem Wasser waren inzwischen nähergekommen und auch Sœlve erkannte sie jetzt mit bloßem Auge. Vorsichtig ergriff sie Lillys Hand. Ihre Finger verflochten sich miteinander und wurden zu einer Art festen Verbindung zwischen ihnen.

Auch wenn es inzwischen dunkel geworden war und nicht eine einzige Wolke den Sternenhimmel bedeckte, war die Luft noch angenehm warm, doch schauderte es beide ein wenig bei den Gedanken, was da in den nächsten Stunden passieren würde.

Sollten sie sich einmischen? Es war ja nicht das erste Mal, dass die beiden in einer wirklich unangenehmen Situation waren.

Blendend helle Lichtkugeln stiegen vom Wasser in den Himmel auf und explodierten wie Blumen eines Feuerwerks in der Luft. Doch statt des erwarteten Knalls bei jeder Explosion erfüllte ein unheimliches Heulen die Nacht. Immer mehr Lichtkugeln stiegen auf und stimmten in den Chor des Heulens mit ein.

Diese schreckliche Symphonie kroch wie Eiseskälte in die Glieder derer, die sie hörten. Lillys und Sœlves Hände waren immer noch ineinander verflochten, aber der Griff der beiden wurde fester als zuvor. Ganz langsam spürte Sœlve wie ihr grünes Feuer in sich anfing aufzulodern. Es war noch nicht sehr stark, aber Lilly spürte es sofort.

Beide schauten sich an, sprachen aber auch jetzt kein Wort. Sie wussten eh was die andere in diesem Moment dachte.

Währenddessen breiteten sich die Lichtblumen am Himmel weiter aus und verblassten nur sehr langsam. Jede Explosion ließ das Schauspiel, das sich über der Stadt ausbreitete heller und auch irgendwie fester werden. Fast konnte man an eine zähflüssige Masse denken, die sich in aller Ruhe ausbreitete.

Das rote Glühen der Türme wurde gemeinsam mit der Masse am Himmel immer heller. Auf einmal blitzten lauter kleine rote Blitze zwischen ihnen auf und verbanden sich zu einer grell leuchtenden Mauer. Im selben Moment erklangen wieder die Geräusche der Hörner. Überall an den hohen Felsen der Stadt züngelten kleine rote Blitze, die ein Knistern in der Luft erzeugten. Sie spürten, wie sich die kleinen Härchen auf ihren Armen ganz leicht aufstellten und dann wurde alles rot.

Über den Häusern zogen sich unendlich viele rote Blitze zusammen und verbanden sich mit der Lichtwand der Türme. Es sah aus als ob sich eine rote Kuppel über die Stadt gelegt hatte, die sich rhythmisch mit dem Wind bewegte. Das Geheule war schlagartig verstummt, obwohl nach wie vor zahlreiche Lichtkugeln vom Wasser aufstiegen und die Masse am Himmel fütterten.

Bis auf das leise Knistern in der Luft war es nun wieder vollkommen ruhig. Niemand rührte sich in der Stadt, die wie ausgestorben wirkte. Mit dem rötlichen Licht erstrahlten die vorher blauen Gebäude der Stadt in einem kräftigen Lila, das fast denselben Ton wie Lillys Haare hatte.

Ein Zittern durchzog den Boden und Lilly und Sœlve sahen wie die Lichtkugeln statt in den Himmel nun auf die Türme abgefeuert wurden.

Der rote Schutz um die Stadt vibrierte bei jedem Treffer ein wenig, gab aber nicht nach. Er hielt auch, nachdem immer mehr Kugeln als Blumen an ihm explodiert waren. Nach wie vor war es sehr still.

Lilly bemerkte, dass sich in den Türmen Menschen wie schwarze Schatten in dem roten Licht bewegten und drückte Sœlves Hand kurz etwas stärker um ihre Aufmerksamkeit zu erlangen. Sie sahen wie die Schatten durch die Stockwerke huschten und es immer mehr wurden.

Immer und immer wieder erschütterten die Explosionen den Boden, bis es schlagartig wieder still und ruhig wurde. Konnte es das schon gewesen sein?

Die Zeit war wie angehalten und verging in einer quälend schleichenden Geschwindigkeit. Sie warteten darauf, dass etwas passieren würde... und das tat es. Eine gewaltige Explosion ließ die ganze Stadt erneut erzittern. Ein sehr lauter Ton erklang und erstarb sofort. Statt des Tones hörten sie auf einmal eine sehr tiefe Stimme, die direkt in ihren Köpfen zu sein schien.

"Gebt endlich auf und gebt mir, dem Herrscher der Meere, was ich will! Ihr habt es mir gestohlen und ich will es zurück! Ihr habt sowieso keine Chance gegen meine Babys.

Gnädig wie ich bin, gebe ich euch bis Mitternacht Bedenkzeit. Fahrt eure Schilder herunter und ergebt euch - dann lasse ich euch vielleicht sogar am Leben!" Die donnernde Stimme wurde von einem markerschütternden Lachen beendet.

Nachdem das Lachen genau so schnell aufgehört hatte wie es begonnen hatte, setzte nun eine gespenstische Stille ein, die jedoch nicht sehr lange anhielt. Von den Seiten der Bucht schienen wahre Massen an Menschen zu kommen, die in Richtung des Herzens der Stadt strömten. Sœlve und Lilly hatten die ganze Zeit an der Kaimauer gesessen und die Geschehnisse einfach nur beobachtet. Nun aber schien sich die Situation in der Stadt in eine Richtung zu entwickeln, die auch sie beeinflussen konnte. Gemeinsam schlossen sie sich der Menschenmasse an und folgten ihr durch die Straßen. Die vorher blauen Häuser wirkten im Vorbeigehen nun mit ihrem violetten Leuchten fast ein wenig gespenstig. Das Leuchten überzog die kompletten Gebäude und selbst die Schatten der vorbei huschenden Menschen wirkten sich darauf nicht aus. Dadurch wirkte es so, als ob die Häuser nicht nur das Licht reflektierten, sondern es auch selbst erzeugten.

Sie erreichten einen großen freien Platz in der Mitte der Stadt, auf dessen Mitte eine Anhöhe errichtet worden war.

Als Lilly und Sœlve aber erkannten wer da auf der Anhöhe stand und versuchte die Leute zu beruhigen, verschlug es den beiden den Atem.

Wieso Lillys Vater hier war konnten sie sich beim allerbesten Willen nicht erklären. Jedoch wirkte er etwas jünger als die beiden ihn kannten. Er redete lange und eindringlich auf seine Zuhörer ein und seine Worte schienen die Bewohner von Atlantis tatsächlich zu beruhigen. Sœlve schaute Lilly mit einem leicht beängstigten Blick an, die diesen erwiderte.

Die Rede wurde immer anheizender und immer mehr Leute fielen in Applaus und das aufkeimende Kriegsgeschrei ein. Noch lange nachdem Lillys Vater mit seiner Rede fertig war, blieb die Stimmung aufgeheizt und das Gefühl einer kommenden Schlacht breitete sich aus.

Gemeinsam drehten die beiden sich weg und wollten möglichst weit weg von diesem Schauplatz, aber sehr schnell wurden sie an ihrem Plan gehindert.

Ehe sie sich wirklich klar waren, was passierte, stand Lillys Vater nur Zentimeter vor den beiden Mädchen. Er musste sich unendlich schnell bewegt haben und kam mit seinem Kopf immer näher an Lilly heran.

Sœlve reagierte so schnell sie konnte, ließ ihr grünes Feuer aufflammen und ergriff Lillys Hand, die auch sofort in einem kräftigen Grün erstrahlte. Dies aber interessierte ihren Vater nicht. In seinen Augen spiegelten sich die Flammen, die über den beiden Mädchen zuckten, aber dennoch kam er näher und sog intensiv Lillys Geruch mit seiner Nase ein.

Mit einem leicht verwirrten Gesichtsausdruck schaute er sie an, ging ein Stück zurück und fing an zu sprechen.

"Ich bin Anthos, einer der Hüter von Cul Al Dun Art Dirh!"
Während er dies sagte, verbeugte er sich vor den beiden. Ruhig richtete er sich wieder zu seiner vollen Größe auf.
"In dir spüre ich mein Blut! Du gehörst zu mir, aber ich kenne dich nicht! Wer bist du?"
Lilly schaute ihre Freundin an, die ihr zunickte und dann wieder zu ihrem Vater.
"Du wirst mich noch kennenlernen, aber das wird noch dauern. Mein Name ist Lilly und dies...", sie zeigte auf Sœlve, "...ist Sœlve. Wir sind gemeinsam hier und werden diesen Ort auch gemeinsam wieder verlassen!"

"Euer Wunsch die blaue Stadt verlassen zu wollen ist wohl berechtigt, aber derzeit wird es keine Möglichkeit geben, diesen zu erfüllen." In seinen Augen spiegelte sich echtes Mitgefühl.

"Wir werden von Tritons Armee angegriffen. Er verlangt das Himmelsauge, welches hier bereits seit Anbeginn der Zeit lagert."

Sœlve wurde auf einmal sehr, sehr flau im Bauch. Schließlich war das Himmelsauge der Grund für ihre Kräfte. Sie hatte es niemals gesehen, geschweige denn berühren können und alles was sie über diesen Kristall wusste, kannte sie nur aus Träumen ihrer Jugend. Das war kurz nach ihrer Amnesie und bevor sie sich so sehr verändert hatte. Der Kristall sollte eine unendliche Quelle der Energie sein und in einer gleißenden Helligkeit ewig leuchten. Sie riss sich aus ihren Gedanken und versuchte mit einer möglichst neutralen Stimme zu reden. Allerdings misslang es ihr auf vollster Linie.

"Das Himmelsauge befindet sich hier?!", stotterte sie mit einer fast brechenden Stimme. Anthos musterte sie eindringlich. "Ja ist es ... und du darfst gerne das Feld von euch beiden nehmen. Jetzt droht euch keine Gefahr. Schon deine Kraft für später."

Ganz langsam ließ sie das Feuer immer kleiner werden bis es schließlich erloschen war, aber sie war bereit es sofort wieder zu entfachen.

Auch wenn das Feuer nun erloschen war, ließ Lilly die Hand ihrer Freundin nicht los, da sie wusste was Anthos anstellen konnte, wenn er es nur wollte.

"Da ihr hier gerade eh nicht weg könnt - wollt ihr wenigstens helfen Cul Al Dun Art Dirh zu verteidigen?"
Ihnen blieben so oder so nicht viele Alternativen, daher stimmten sie zu.
Anthos führte zu den großen Felsen, die die Stadt umgaben. Dort angekommen suchte er einige Augenblicke nach einer speziellen Stelle im Gestein.
Als er sie fand, legte er seine Hand an die Wand, die an der Stelle kurz rot aufleuchtete. Der Fels wurde pechschwarz und verschluckte alles Licht, so dass es auch um sie herum so dunkel wurde, dass sie die eigene Hand nicht vor Augen sehen konnten. Eine leichte Vibration durchfuhr den Boden und ein schweres Tor glitt langsam nach oben. Hinter dem Tor war es so hell, dass sie ihre Augen kurz zukneifen mussten und es dauerte einige Momente bis sie wieder etwas sehen konnten.
Lilly gewöhnte sich deutlich schneller als Sœlve an das Licht und betrat gemeinsam mit Anthos den Raum. Sœlves erkannte nach und nach erste Umrisse einer Treppe und betrat dann ebenfalls das, was hinter der Tür lag.

Im Raum war es gleißend hell und dennoch konnte sie auf einmal alles klar erkennen. Runde Wände umschlossen den Raum, bis auf die Wendeltreppe, die sich mit ihren schwarzen Stufen nach oben schlängelte.

Sie konnte gerade noch sehen wie Anthos und Lilly bereits die letzten Stufen zum nächsten Stockwerk erreicht hatten. Daher beeilte sie sich um möglichst schnell die Treppe hoch zu steigen.

Auch wenn sie es sich bisher nicht hatte vorstellen können, war der nächste Raum abermals heller. Er war auch deutlich größer als der Untere, aber dafür war der Raum bis auf einen Tisch vollkommen leer. Als Sœlve begriff was auf diesem Tisch lag, glaubte sie ihren Augen nicht trauen zu können. Der Grund der gleißenden Helligkeit war das Himmelsauge. Es strahlte mit einer schier unglaublichen Kraft und war noch viel schöner als sie es sich in ihren kühnsten Träumen hätte vorstellen können.

"Fremde haben unter normalen Umständen kein Recht überhaupt nur von diesem Raum zu wissen, aber nach wie vor spüre ich mein Blut in dir!"

Durchdringend sah Anthos Lilly an, die dem Blick aber ohne mit einer Wimper zu zucken standhielt.

"Wie dem auch sei, um die Stadt vor Triton zu verteidigen, benötigt ihr Waffen." Während Anthos ihnen erzählte, wie sie diese erhalten konnten, musste Lilly Sœlve unauffällig in die Seite knuffen, da diese ununterbrochen auf das Himmelsauge starrte. Wie aus einer Trance erwachte sie und starrte dann Lilly mit einem vollkommen begeisterten Blick an. "Ist dir eigentlich klar, was das ist??", flüsterte sie ihrer Freundin zu. "Ohne das da", sie zeigte auf das Himmelsauge, "wäre ich nicht ich!"

Lilly legte ihr nur sanft ihren Zeigefinger auf den Mund und gab ihr einen kleinen Kuss auf die Stirn.

"Es ist alles gut, mein kleines Häschen.", hauchte sie ihr ins Ohr.

Auch wenn Sœlve nicht wusste warum sie auf einmal so viel ruhiger war, beruhigte es sie doch sehr.

"Wie schön es doch zu sehen ist, dass ihr mir so aufmerksam zuhört.", Anthos stand mit grimmigem Gesicht vor ihnen. "Gibt es irgendetwas, was du mir erzählen möchtest?" Seine Augen fixierten Sœlve so sehr, als ob er durch sie hindurch schauen konnte.

Sie musste schlucken, konnte dem Blick aber trotzdem standhalten. Bevor irgendetwas anderes passieren konnte, drehte er sich auch schon wieder von ihr weg.

Er forderte die beiden auf ihm ihre Hände zu zeigen. Auch wenn sie nicht wussten wofür dies gut sein könnte, folgten sie der Aufforderung.

Anthos legte ihnen jeweils einen winzigen, hellrot leuchtenden Stein in die linke Hand.

"Schließt nun eure Augen und spürt den Kristall in euch."

Kurz wurde es in ihren Händen sehr warm und dann sofort wieder eiskalt. Fast im selben Moment wurde der kleine Stein für seine Größe sehr schwer. Als sie ihre Augen wieder öffneten, war er verschwunden und statt den winzigen Steinen hielten sie nun pechschwarze Waffen in ihren Händen.

In Lillys Händen befanden sich zwei große Fächer, die aus einem schwarzen Samt zu bestehen schienen und überall mit winzigen roten Kristallen besetzt waren. Wenn sie den Fächer schneller bewegte, erschien er eher rötlich als schwarz. In Sœlves Hand hatte sich hingegen ein Katana gebildet, dessen Griffband mit denselben winzigen, rot leuchtenden Steinchen besetzt war.

Sowohl die Fächer als auch das Katana wirkten auf ihre Art sehr elegant

Mit erstaunten Augen schauten sie sich ihre neuen Waffen an.

"Wenn ihr sie braucht, dann müsst ihr einfach nur an sie denken und sie werden erscheinen. Ihr habt nun Waffen aus demselben Material wie alle Krieger aus Cul Al Dun Art Dirh. Nutzt sie niemals aus niederen Gründen sondern nur in echten Gefahren!"

Anthos sah ein wenig stolz aus, als er dies sagte. Auch wenn Lillys Vater diesmal nicht zu planen schien sie umzubringen, hatte Sœlve ein unangenehmes Gefühl im Bauch, das sie auch nicht wirklich in Ruhe lassen wollte.

"Und nun ... verlasst diesen heiligen Ort!" Seine Stimme hatte nun wieder einen Tonfall angenommen, den Sœlve schon öfters gehört hatte - und noch nie war es gut ausgegangen.

Kurz schauten sich die beiden Mädchen gegenseitig in die Augen und als sie dann wieder auf ihre Hände schauten, waren die Waffen auf einmal verschwunden.

"Bevor ihr geht, nehmt noch diese Spiegel. Wenn die Zeit reif ist, dann werdet ihr wissen wofür sie sind." Er reichte ihnen zwei kleine Puderdöschen, die mit Rosen verziert waren. Nichts Außergewöhnliches schien an ihnen zu sein. Und dann war Anthos einfach verschwunden.

Sie befanden sich alleine in dem hellen Raum und steckten die Döschen ein, ohne sie weiter anzuschauen. Nach einem letzten, sehnsüchtigen Blick von Sœlve auf das Himmelsauge nahm Lilly ihre Hand und führte sie die Stufen hinunter, wieder hinaus an die frische Luft.

Dieses Mal gewöhnten sich Sœlves Augen viel schneller an das veränderte Licht als zuvor.

Über ihnen pulsierte immer noch die rote Lichtwand und das Knistern erfüllte die Nacht. Da es in dem Raum so still gewesen war, wirkte dieses ungewöhnliche Geräusch noch lauter als zuvor.

Hinter ihnen war die Tür nun wieder verschwunden.

"Sag mal ... ", fing Sœlve vorsichtig ihre Frage an, die ihr schon länger auf der Zunge brannte "wie kommt es, dass er dich nicht erkannt hat und warum war er so ... nett ... zu uns ... oder besser gesagt ... zu mir?"

"Leider wird das wohl eine längere Geschichte werden und dafür ist jetzt wohl eher nicht der passende Augenblick... aber die Zeit verändert vieles!"

Wie von alleine hatten sie angefangen sich in Richtung des Wassers zu begeben. Während sie beinahe gemütlich schlenderten, stellten sie fest, dass sie wieder alleine auf den Straßen waren.

Die violett leuchtenden Häuser hatte eine beruhigende Wirkung auf die beiden Mädels und nach einiger Zeit erreichten sie wieder ihren alten Platz am Kai.

Erneut setzten sie sich und beobachteten das Treiben auf dem Wasser. Die Explosionen hatten inzwischen vollkommen aufgehört, aber die Wellen waren deutlich höher als zuvor.

Auf einmal ertönten wieder die Hörner in der Stille.

Und nur wenige Momente später explodierten die ersten Feuerblumen wieder über der Stadt. Gleichzeitig brach die Gischt sich an der roten Schutzmauer und immer wieder sah es so aus, als ob kleine Punkte von dem Schild abrutschten und sich langsam am Schild aufzulösen schienen.

Doch es waren keine Punkte. Kleine Wassermonster schwammen auf dem Wasser und wurden mit der Gewalt des Wassers immer wieder an die Barriere geschleudert, an der sie sich durch die Kraft des Schutzes auflösten. Immer höher wurden die Wellen und das, was als kleine Punkte begonnen hatte, wurde immer größer. Selbst Sœlve konnte inzwischen mit bloßem Auge erkennen, dass die Wesen immer größer wurden.

Noch hielt das rote Leuchten der Türme, aber auf dem Meer wurde es immer heller und unzählige Lichter erhellten alles außerhalb der Stadt. Lilly ergriff Sœlves Hand und zeigte mit dem Finger auf die Türme vor ihnen.

"Schau mal... das Rot wird immer schwächer!"

Sœlve sah noch keinen Unterschied, aber ganz langsam wurde es tatsächlich schwächer. Wie aus weiter Ferne erklang die schreckliche

Symphonie der Feuerblumen ganz sanft an ihre Ohren. In einer fast unerträglich langsamen Geschwindigkeit wurde das Heulen lauter und das rote Licht verlor immer mehr an der Kraft. Von dem anfangs satt leuchtenden Rot war inzwischen nur noch ein fast blasses Orange geblieben. Der Strom der dagegen geschleuderten Wellen riss nicht ab und das Geheul ertönte wieder mit vollster Lautstärke.

Mit einer gewaltigen Explosion explodierten die Türme vor der Stadt. Durch die Heftigkeit der Explosion mussten Sœlve und Lilly sich wegdrehen um ihre Augen zu schützen. Als sie es wieder wagen konnten zu schauen, war das Licht vollkommen erloschen. Für den Hauch eines Moments herrschte eine beinahe gespenstische Stille. Dort wo noch vor wenigen Momenten die mächtigen Türme der Gewalt strotzten, war nun nichts mehr übrig außer einem kleinen Haufen dampfenden Schutt und Asche. Die Stadt selbst hatte aufgehört in dem beruhigenden Violett zu leuchten und war nur noch schwarz mit einem Schimmer Blau.

Doch bevor irgendetwas anderes passieren konnte, erhoben sich wieder die ersten Lichtkugeln in die Höhe und krachten auf den Dächern der Stadt hinunter, wo sie mit ohrenbetäubenden Knallen explodierten und die eben noch schönen Häuser zum Bersten brachten.

Die kleinen Lichter, die zuvor nur auf dem Wasser getrieben waren, strömten nun in den Hafen von Atlantis und die Schatten der Wassermonster glitten über die Felsen.

Hinter ihnen hörten Lilly und Sœlve auf einmal das Gewieher von Pferden, aber bevor sie sich noch nach den Geräuschen umdrehen konnten, ritten weiße, geflügelte Pferde an ihnen vorbei und erhoben sich in einem schwindelerregenden Tempo in die Luft.

Immer schneller drehten sie sich in der Luft und schleuderten in Sturzflügen weiße Lichtstrahlen auf alles, was im Wasser schwamm, während sie den immer wieder auf die Stadt abgefeuerten Lichtkugeln auswichen. Es schien so, als ob die Reiter eine Chance gegen die Monster haben könnten. Langsam aber sicher nahm die Zahl der Lichter in der Bucht ab. Doch dann brandeten in der Stadt neben der Symphonie der Lichtblumen neue Geräusche auf. In den Lichtkugeln schienen Monster gewesen zu sein, die nun durch die Stadt rannten und versuchten unschuldige Menschen aus den Ruinen der Häuser zu zerren und sie zu töten. Lilly und Sœlve konnten das nicht mit ansehen und stürzten sich ins Getümmel. Während Sœlve im Laufen ihr grünes Licht um sich aufscheinen ließ, wuchsen Lillys Reißzähne zu voller Größe an. Da sie sich noch an den Händen hielten, umgab das Schild beide und wurde immer heller. Anthos hatte Recht gehabt und jetzt würde es wirklich gefährlich werden.

Eine Gruppe von fünf Monstern kratzte und scharrte an der Ruine eines Gebäudes, aus der das Wimmern eines kleinen Kindes drang. Sie hatten die Körper von Fischen mit gigantischen Augen und Arme, in denen sie Schwerter trugen, sowie lange dünne Beine.

Sie bemerkten die beiden Mädchen und stürmten auf sie zu, hatten aber Lillys Geschwindigkeit und Kraft nichts entgegenzusetzen. Und ehe sie sich versahen, stürmte schon wieder eine neue Schar von diesen Kreaturen auf sie zu. Sœlve und Lilly hatten das Gefühl, dass es immer mehr Gegner wurden und das der Strom nicht abreißen wollte. Immer wieder hörten sie wie in der Nähe neue Lichtkugeln explodierten und ihre tödliche Ladung nach Atlantis brachten.

Über ihnen flogen einige geflügelte Pferde hinweg in Richtung des Wassers und kämpften dort auch mit Lichtstrahlen gegen die ankommenden Monster. Auch wenn es noch niemand richtig mitbekam, hatte sich aber auf einmal etwas verändert. Es sah so aus, als würden die Verteidiger von Atlantis gewinnen und die Armee Tritons langsam zurückschlagen, doch sie bemerkten nicht, dass keine weiteren Lichtkugeln mehr auf die Stadt gefeuert wurden. Nachdem auch die letzten Monster besiegt wurden, ertönten einzelne Jubelschreie in der neu entstandenen Stille.

Viel zu früh freuten sich viele über einen vermeintlich einfachen Sieg. Doch dann leuchteten auf einmal auf gespenstische Weise die Gesichter von einigen Einwohnern der Stadt am Himmel auf. Neben den Gesichtern erschienen wenige Augenblicke später Symbole und verschwanden dann mit ihnen, um von neuen Gesichtern und Symbolen abgelöst zu werden.

Lilly rief Sœlve zu, dass es sich bei den Zeichen, mit denen sie nichts anfangen konnte, um die Schwächen der einzelnen Menschen handeln würde.

Beide bekamen ein ungutes Gefühl in der Magengegend. Sie wussten um ihre Schwächen und hofften daher nicht an den Himmel projiziert zu werden. Doch herumstehen und nichts tun würde sie auch nicht weiterbringen. Nach einigen Metern entdeckten die beiden eine Treppe, die nach oben führte, aber von der ihnen mehrere Menschen entgegen kamen.

Eine Frau, die sehr schnell an ihnen vorbei lief, schrie ihnen zu, dass sie dort so schnell wie möglich verschwinden müssten, da es auf den höheren Ebenen nur so von Wasserwesen wimmeln würde.

Bevor sie in irgendeiner Weise reagieren konnten, erklang ein schriller Schrei von weiter oben. Sœlve und Lilly schauten sich nur kurz an und rannten die Treppe hoch an dessen Ende ein kleines Mädchen auf dem Boden lag. Eines der Wassermonster hatte seinen Spaß und schlug immer wieder mit dem Schwert nur Zentimeter neben dem Mädchen auf den Boden ein. Lilly sprang auf das Biest zu und warf es kurzerhand über das Geländer nach unten.

Schluchzend schaute das Mädchen auf, sah sie verschreckt an, wischte sich mit ihrem Ärmel die Augen und rannte dann ohne einen Ton von sich zu geben weg.

Hinter ihnen tauchten aus der Dunkelheit mehrere Wassermonster auf und griffen sie an, hatten aber keine Chance gegen die beiden Freundinnen. Aber der Strom von Monstern wollte nicht aufhören, so dass sie langsam rückwärts wichen. Sie erreichten eine Mauer, in der ein Gang in den Felsen führte. Da von vorne immer mehr Monster kamen, blieb ihnen nichts anderes übrig als in den Gang zu flüchten.

Die schiere Masse der Monster drängte sie immer tiefer in den kleinen Gang hinein bis sie einen Raum erreichten, von dem sich drei weitere Gänge verzweigten. Sich trennen und in verschiedene Tunnel zu laufen, kam für die beiden nicht in Frage.

Ein Monster, das gerade aus dem Gang kam, sprang sie an, aber Lilly ergriff dessen Kehle und schleuderte es an die Wand. Nur den Hauch eines Moments später versuchte schon das nächste Wesen sie anzuspringen. Blitzschnell duckte sie sich und es sprang über sie hinweg. Noch während des Sprungs konzentrierte sie sich, so dass die Fächer in ihren Händen erscheinen und schlug dem Wesen mit voller Kraft einen der Fächer in den Bauch, woraufhin es an die Decke geknallt wurde.

Sœlve erging es nicht viel besser als Lilly, als sich Monster auf sie stürzten. Doch an ihrem Schild, das nun in einem kräftigen Grün aufleuchtete, prallten sie ab. Auch sie konzentrierte sich auf ihr Katana, das sofort in ihrer Hand erschien. Da der Raum aber recht klein war, musste sie aufpassen, dass sie nicht aus Versehen Lilly traf. Allerdings bewegte diese sich mit einer Geschwindigkeit, die selbst für einen Vampir erstaunlich schnell war.

Durch die hohe Geschwindigkeit löste sich etwas aus ihrer Tasche. Das kleine Döschen mit dem Spiegel flog in hohen Bogen weg und öffnete sich beim Aufprall auf den Boden. Sœlve sprang hin um ihn zu holen. Sie hob ihn auf und sah durch den Spiegel ein Monster hinter sich auftauchen. Im selben Moment tauchten Symbole auf dem Spiegel auf. Da sie diese eh nicht lesen konnte, schenkte sie ihnen keine

Aufmerksamkeit, nahm aber an, dass die Spiegel dieselbe Funktion der Hologramme am Himmel haben müssten - die Schwächen der Gegner anzeigen...

Die Zeit verflog und sie wussten nicht wie viele der Monster sie bereits vernichtet hatten. Unaufhaltsam wuchs die Anzahl bis es so viele wurden, dass der Gang aus dem die Monster gekommen waren so voll war, dass dort kein Durchkommen mehr war.

Kurzentschlossen entschieden sie sich einen der anderen Gänge zu nehmen und erreichten nach einigen Metern eine Plattform. Von hier aus konnten sie sehen, dass in der Stadt lauter Feuer ausgebrochen waren und es überall von Monstern nur so wimmelte.

Ein gigantisches Wesen, dessen Körper sehr menschlich aussah, erhob sich aus dem Wasser und näherte sich sehr schnell der Stadt. Doch statt des zu erwartenden Kopfes befand sich nur ein Totenschädel auf seinen Schultern. Nichts was sich ihm in den Weg stellte, konnte es auch nur den Hauch eines Augenblicks ernsthaft aufhalten. Die Lichter der fliegenden Pferde prallten ebenso wie Pfeile, die vom Boden aus abgeschossen wurden, einfach ab.

Zum Erschrecken von Sœlve und Lilly hielt dieses Monster genau Kurs auf den kleinen Turm, in dem das Himmelsauge versteckt war.

Lilly ergriff Sœlves Hand und sprang hinab. Sœlve konnte gar nicht so schnell reagieren und ließ sich einfach mitreißen. Sie landeten leicht auf dem Boden und rannten dann in Richtung des Turmes. Von oben aus hatte es so ausgesehen, als ob es nicht so weit wäre, aber durch den Schutt und die Trümmer kamen sie langsamer voran als sie gehofft hatten. Trotzdem erreichten sie den Turm noch bevor das Wesen da war.

Anthos stürzte aus dem Turm auf sie zu und zog sie hinein in die Helligkeit. Gemeinsam stürmten sie zum Himmelsauge, das wie schon zuvor in seinem mächtigen Licht erstrahlte. Wie zuvor war Sœlve wieder von dem Kristall vollkommen eingenommen, konnte sich aber dieses Mal auch alleine von dem Anblick losreißen.

Alles erzitterte als das Wesen anfing von außen auf den Turm einzuschlagen. Immer wieder schlug es auf die Außenwand ein, um sich einen Weg nach innen zu bahnen, was ihm auch zu gelingen schien. Kleine Risse bildeten sich in der Wand und vermehrten sich wie ein Spinnennetz über die komplette Breite.

Die Außenwand brach.

Das Licht des Himmelsauges suchte sich seinen Weg und erleuchtete die Trümmer der Stadt und wurde immer heller. Schnell warf sich Anthos auf das Himmelsauge, um es zu schützen - aber es war bereits zu spät.

Es fing an seine volle Kraft zu entfalten und wurde immer heller. Blitze züngelten aus ihm heraus und Anthos schrie auf vor Schmerzen. Auch Sœlve und Lilly wurden von den Blitzen erfasst und auch sie mussten die Kraft des Himmelsauges spüren. Sœlve versuchte Lillys Hand zu ergreifen und fuhr ihren Schutz so hoch wie nur möglich. Ihre Hände fanden sich und in dem Moment erstrahlte Sœlves Kette in einem kräftigen Rot.

Die Schmerzen wurden beinahe unerträglich und sie spürten eine gewaltige Explosion. Sie konnten nur noch vor Schmerzen schreien.

Der Schrei kam aus dem tiefsten ihrer Kehle und sie schreckte hoch. Das Herz lag warm auf ihrer Brust und das rote Leuchten erhellte den Raum, der in der Zwischenzeit sehr dunkel geworden war. Sie versuchte sich zu beruhigen und ihre Atmung zu beruhigen.

Auf einmal klingelte ihr Handy auf dem Tisch neben ihrem Bett. Das Bild von Lilly zierte den Bildschirm und Sœlve nahm den Anruf entgegen.

"Ich glaube wir haben ein wenig zu bereden mein kleines Mondhäschen. Ich komme mal rüber, ja?"

Die Geschichte vom Project Limbo

Es gab eine Zeit in der unsere Welt kurz vor einem entscheidenden Wendepunkt stand. Die Weltbevölkerung hatte eine absolut unvorstellbare Zahl von 15 Milliarden Menschen erreicht. Die Technologie ermöglichte es, dass es keinen Hunger mehr gab. Mit Genforschung wurde das Nahrungsproblem ein für alle Mal beseitigt. Hierarchische Systeme wurden abgeschafft und Männer und Frauen wurden zum ersten Mal in der Geschichte wirklich gleichwertig behandelt. Die Erfindungen der Technik wurden immer besser, so dass die Menschen in die tiefsten Tiefen der Weltmeere oder die Weiten des Weltalls vordringen konnten. Und die Menschheit hätte an sich wunschlos glücklich sein können. Aber wie man es sich nun denken kann, war sie es nicht. Sie wollte immer mehr.

So reizten sie die Technologie bis an die Grenzen aus. Bei einer Untersuchung des Puerto-Rico-Graben im Atlantischen Ozean entdeckten die Forscher in fast 9.000m Tiefe ein Höhlensystem, das anders war, als sie sich hätten vorstellen können. Laut den Messinstrumenten herrschte in dieser unglaublichen Tiefe ein normaler Druck; sogar Sauerstoff sollte in ausreichenden Mengen vorhanden sein. Nun war der Forschungsdrang endgültig geweckt und nach monatelangen Vorbereitungen wurde eine bemannte Mission in die Tiefe ausgesandt.

Als das Forschungsteam das Höhlensystem betrat, glaubten sie ihren Augen nicht zu trauen. Ein gewaltiges Tor, welches aus purem Gold zu bestehen schien und leicht in der Dunkelheit in einem sanften Rot glühte, erhob sich vor ihnen. Über und über war es mit farbigen Kristallen besetzt und mit unzähligen Symbolen und Zeichen, die noch nie zuvor auf der Erde gefunden worden waren, verziert. Was diese Zeichen bedeuten sollten, verstanden sie daher nicht. Sie machten Fotos und sendeten diese an das Forschungsschiff, welches sie und ihr modernes U-Boot zum Puerto-Rico-Graben gebracht hatte. Anstatt aber auf eine Rückmeldung zu warten, öffneten sie in ihrer Ungeduld gewaltsam das Tor und beschädigten es dabei. Die Forscher waren beinahe enttäuscht, als sie einen leeren Raum betraten, in dem nur ein schlichtes Podest stand. Jedoch strahlte ein runder Kristall auf dem Podest eine so extreme Helligkeit aus, dass der Raum taghell beleuchtet war. Die unglaubliche Schönheit und Helligkeit, die von diesem Kristall ausging, verschlug den Eindringlingen den Atem. Lange Zeit starrten sie ihn nur an, beschlossen dann aber ihn zu bergen und nahmen ihn von seinem Podest herunter. Im selben Augenblick erfüllte ein schrecklicher Schrei den Raum, der so schnell verklang, wie er erschollen war. Bis auf einen gewaltigen Schrecken, der den Forschern in die Knochen gefahren war, geschah nichts.

Das Auftauchen des U-Boots war ungewöhnlich schwer. Immer wieder wurde es von spontan auftretenden Strömungen vom Kurs abgebracht und kam nah an Felsklippen. Nur dank den außergewöhnlichen Fähigkeiten des Kapitäns erreichten sie überhaupt das Forschungsschiff. Es schien beinahe so, als ob das Meer den Kristall behalten wollte. An der Oberfläche angekommen, wurde der Kristall der Öffentlichkeit erstmal vorenthalten. Durch das scheinbar niemals endende Leuchten, das eine unendliche Schönheit wie der Himmel ausstrahlte, wurde der Kristall als "Das Himmelsauge" benannt.

Um hinter das Geheimnis des Himmelsauges zu kommen wurde eine Forschungsgruppe, bestehend aus 12 Männern und Frauen, mit dem Namen "Project Limbo" gegründet.
Rund um die Uhr forschten sie mit den verschiedensten Experimenten, wie sie die Energie des Kristalls für die Menschheit nutzen konnten.

Beinahe genau ein Jahr nach dem Fund des Himmelsauges wurde der Kristall, sowie die ersten Ergebnisse, in einer spektakulären Pressekonferenz der Öffentlichkeit präsentiert. Auch wenn die Forscher mit heftigen Reaktionen gerechnet hatten, waren sie nicht auf das vorbereitet, was sie eiskalt erwischen sollte.

Zwar gab es auch positive Reaktionen, aber auch Skeptiker, darunter auch Wissenschaftler rund um den Erdball, die anfingen die Ergebnisse des Project Limbos abzustreiten oder gar lächerlich zu machen. Sie bezweifelten, dass ein Kristall auch nur annähernd diese Fähigkeiten haben könne, wie sie beschrieben wurden.

Sekten und Religionen beanspruchten das Himmelsauge für sich als heilige göttliche Reliquie, die nur ihnen zustehen würde. Sie behaupteten, dass ihre Götter sie dazu auserwählt hätten mit dem Kristall die Welt ins Paradies führen zu können. Unzählige Leichtgläubige schlossen sich ihnen an und folgten ihnen blind in den Wahn.

Aber auch außerhalb dieser Gruppen entbrannten in der Öffentlichkeit zahllose Diskussionen darüber, ob es eine göttliche Kraft geben würde oder es einfach nur eine neue Energiequelle sein könnte.

In einer dunklen Nacht gelang es einigen Mitgliedern einer Sekte in das stark abgesicherte Forschungsgebäude des Project Limbos einzudringen. Ihr Ziel war es den Kristall an sich zu bringen und damit für immer unsterblich zu werden. Leider lief während des Einbruchs ein Experiment, das zuvor noch nie erprobt wurde. Es sollte erneut versucht werden die Energie in Strom umzuwandeln.

Die Sektenmitglieder unterbrachen das Experiment und es ging schief, was nur schief gehen konnte. Leichte Blitze züngelten aus dem Kristall, wurden immer stärker und bündelten sich zu einer Energiekugel, die ihre volle Kraft mit einer gewaltigen Explosion entlud. Ein feiner Nebel legte sich innerhalb kürzester Zeit über die ganze Welt.

Niemand konnte diesen Nebel erklären, der so fein war, dass er selbst durch die kleinsten Ritzen in alle Räume und Zwischenräume dringen konnte. Dabei vernichtete der Nebel beinahe die komplette Technologie der Erde mit Kurzschlüssen. Nicht einmal die besten Sicherheitsmaßnahmen konnten gegen den Nebel ankommen.

So fielen Flugzeuge aus dem Himmel, Satelliten fielen aus und normale Fahrzeuge verloren die Kontrolle während der Fahrt, da die Elektronik komplett versagte. Bei schrecklichen Unfällen starben unzählige Menschen und Ärzte standen dem Massensterben hilflos gegenüber. Sie hatten keine Möglichkeit zu den Verletzten zu kommen, geschweige denn diese in die Krankenhäuser zu befördern, da auch Rettungshelikopter oder Krankenwagen von dem kompletten Blackout betroffen waren. Doch selbst wenn es möglich gewesen wäre die Verletzten in die Krankenhäuser zu bringen, so wäre dies vollkommen sinnlos gewesen. Denn wo wurde mehr moderne Technologie verwendet als in Krankenhäusern? Die Medizin baute vollkommen auf der Technologie auf ... und so gab es für viele Sterbende keine Chance auf eine Rettung.

Woran in den ersten Momenten niemand dachte, sollte sich noch später als ein schreckliches Vermächtnis herausstellen. Da die Menschheit glaubte für immer die Errungenschaften der Technologie zu besitzen, wurde das komplette Wissen der Menschheit vollständig digitalisiert. Bücher aus Papier wurden zu höchst seltsamen und vor allem seltenen Relikten einer vergangenen Zeit. Warum auch sollte man sich ein Buch nehmen, wenn durch die Technologie das Wissen viel effizienter vermittelt werden konnte. Bücher wurden nicht für die Ewigkeit geschaffen, so dass es nur noch wenige Exemplare in Museen oder ähnlichen Einrichtungen gab. Bibliotheken mit richtigen Büchern wurden schon vor Ewigkeiten abgeschafft, da jeder das Wissen mit sich tragen konnte.

Der Glaube an die Technik machte die Menschen blind für Warnungen, die mit der Zeit aber auch verstummten. Schließlich war die Technologie ja so unendlich überragend. So wurde auf einen Schlag beinahe das vollständige Wissen der Menschheit vernichtet. Mit dem sich ausbreitenden Nebel und dem Versagen der Sicherheitskräfte konnten brutale Gangs erstarken und ganze Städte erobern. Sie mordeten und raubten so viel sie konnten und verbreiteten eine Angst, wie sie schon nicht mehr bekannt war.

Der Nebel bot den Gangs die Möglichkeit unerkannt an andere Menschen heranzukommen und ihren Schrecken zu verbreiten. Aus der Angst heraus, jederzeit überfallen zu werden, bewaffneten sich auch die letzten normalen Menschen bis an die Zähne und erschossen, in ihrer Angst selbst getötet zu werden, alles was sich ihnen auch nur näherte. So stieg die hohe Anzahl der Toten unentwegt weiter in niemals zuvor geahnte Höhen an. Die Menschheit verlor beinahe alles, was sie in der langen Zeit zuvor mühsam erreicht hatte.

Während die Welt im tiefen Nebel versank, setzten sich die Wissenschaftler des Project

Limbos in den Untergrund ab. Da sie die ganze Zeit über in der unmittelbaren Nähe des Himmelsauges waren, bekamen sie die verheerende Auswirkung des Himmelsauge als erstes am eigenen Körper zu spüren. Und die Auswirkungen waren so extrem, dass es sich niemand auch nur im Ansatz hätte vorstellen können. Gingen in den ersten Tagen nur die Gerüchte von unbekannten Schatten und Geräuschen um, so gab es mit dem Vergehen der Tage immer mehr Bereiche, an denen Fabelwesen gesichtet wurden. Komische mehrfarbige Lichter oder gar sich bewegende Felsen sollten angeblich durch den Nebel ziehen.

So unglaublich diese Berichte auch klangen, so waren sie doch wahr, denn der Nebel verschmolz unsere Welt mit einer anderen, in der die Magie mit all ihren übersinnlichen Wesen immer noch existierte.

Niemals hätten diese Welten auch nur in Berührung kommen dürfen, aber dank der Kraft des Himmelsauges kam es zu der unheiligen Verbindung. Wesen wie Elfen, Feen, Zwerge oder Trolle sowie Wesen, die nur aus den Grundelementen zu bestehen schienen, fanden den Weg in unsere Welt.

Nach 42 Tagen löste sich der Nebel endlich auf und der kümmerliche verbliebene Rest der

Menschheit stand vor einer vollkommen neuen Welt. Außerhalb der Städte hatte sich eine vollkommen neue Flora und Fauna gebildet ... nur noch wenige Bäume und Pflanzen erinnerten an die Zeit vor dem Nebel. Seltsame Tiere streiften durch die neu entstandenen Wälder und unbekannte Klänge schallten durch die Nächte. Gigantische vogelähnliche Wesen zogen ihre Runden durch den Himmel und wahre Seeungeheuer eroberten die Meere.

Für das, was sich bis vor kurzem noch als "zivilisierte" Welt bezeichnet hatte, war es ein absoluter Alptraum aus dem es kein Entrinnen zu geben schien.

Doch war nicht alles nur negativ, da durch die freigesetzte Energie auch positive Dinge passierten. Es gab Menschen, die teilweise empfindlich für das, was wir heute als Magie bezeichnen, wurden. Eine Sache, die es schon seit Menschengedenken nicht mehr gab ... vielleicht auch niemals hätte geben sollen. Einige Kinder zeigten direkt nach der Geburt die ersten Anzeichen magischer Fähigkeiten. Allerdings schien es aber niemanden möglich zu sein sowohl Angriffs- als auch Verteidigungsfähigkeiten zu beherrschen. Jedoch zeigte sich ein Muster, wonach Frauen sich eher in Richtung der Angriffsmagie entwickelten und Männer häufig die Gaben der Verteidigung und des Heilens erhielten.

Um die magieaffinen Menschen bildeten sich Stämme und Clans, die nur an sich dachten und versuchten so vieles für sich zu erobern, wie es nur möglich war. Anstatt den Versuch zu wagen die Welt mit Hilfe der neuen Kräfte neu aufzubauen und vielleicht auch zu verbessern, zeigte sich einmal mehr in der Geschichte, dass die dünne Schicht der Zivilisation gar nicht so stark in den Menschen verwurzelt war. So fingen sie an sich wie in grauester Vorzeit wieder gegenseitig zu bekriegten und auszurotten.

Das geflohene Team von Project Limbo war, wie schon geschildert, mehr als alle andere Menschen von der Kraft des Himmelsauges betroffen. Sie bekamen nicht nur die Fähigkeiten der Magie ... die anhaltende Nähe zum entfesselten Himmelsauge veränderte ganz langsam ihre Körper. Ihnen wuchsen gewaltige Flügel und sie waren in der Lage schier unglaubliche Magie ausüben zu können. Während sich die Männer in Engelsgleiche Wesen verwandelten, erhielten die Frauen dämonische Züge. Ihnen gemein war, dass sie so mächtig wurden, dass sie tun und lassen konnten was sie wollten. In ihrer entstehenden Selbstsicherheit und immer stärker anwachsenden Arroganz fingen sie an, sich selbst als die Götter des Limbos zu bezeichnen. Die Menschheit sollte ihnen und dem Himmelsauge folgen und sie anbeten. Jeder, der sich dem verweigerte, wurde von den Göttern des Limbos zum Tode verurteilt.

Doch nicht nur diese Götter veränderten sich durch die Magie. Auch andere Menschen erlebten diese schier unglaublichen Veränderungen. Ihre Körper wurden durch die Magie so sehr verändert, dass sie sich in Regionen der Welt zurückziehen konnten, die vorher nur als lebensfeindlich bezeichnet worden waren.
Selbst Vulkane oder die tiefsten Stellen des Meeres wurden für einige der veränderten Menschen zu neuen Lebensräumen, doch während einige die Abgeschiedenheit dieser Orte bevorzugten, gab es auch Menschen, die durch die Welt zogen und alles umbrachten, was ihnen ins Gesicht kam.

So zerfiel unsere Zivilisation immer mehr und der Zerfall ließ sich nicht mehr aufhalten.

Doch nach vielen Jahren fand ein Ereignis statt, welches die Zukunft entscheidend beeinflussen sollte ...

Sangius Nubes

Bereits seit Ewigkeiten war Sœlve nicht mehr zu Besuch bei ihren Eltern gewesen und so freute es sie um so mehr, dass sie endlich mal wieder aus dem Studentenwohnheim raus kam und den schönen Sommertag bei ihren Eltern verbringen konnte. Das Studium war doch anstrengender und zeitraubender, als sie es sich vorher hätte vorstellen können.

Zum vier Uhr Tee saßen sie gemütlich im Garten ihrer Eltern und aßen selbst gebackenen Kuchen. Sie redeten viel über die Uni und was in der Zwischenzeit alles passiert war.

Nach einiger Zeit schaute ihre Mutter für einen längeren Moment in den Himmel und meinte, dass es wohl bald regnen würde. Alle blickten in die Richtung, in die sie geschaut hatte. Tatsächlich war in der Entfernung eine dichte Wolkendecke im Anzug. Es würde aber noch einige Zeit dauern bis diese bei ihnen angekommen war.

"Dann müssen wir uns halt etwas beeilen.", scherzte Sœlve in ihrer üblichen Art während sie sich leicht gedankenverloren durch ihr rotes Haar fuhr.

Als ob nichts gewesen wäre, kehrte das Gespräch wieder zurück zu den angerissenen Themen. Nach einiger Zeit aber fing ihre Mutter erneut erschreckt in den Himmel zu starren.

"Ich glaube, ich spinne... das kann doch nicht sein!", entfuhr es ihr auf einmal.

Solch einen Ton in der Stimme hatte Sœlve schon seit Ewigkeiten nicht mehr bei ihrer Mutter gehört. Sie spürte ein ungutes Gefühl in sich aufsteigen und blickte wieder in die Richtung, in die ihre Mutter mit großen Augen schaute. Die Wolke war in den vergangenen Minuten sehr viel näher gekommen und hatte sich verändert. Aus der dunkelgrauen Wolke war eine Wolkenwand geworden, die nun eine blutrote Farbe angenommen hatte. In der Ferne sah es so aus, als ob sie selbst die Gebäude in sich verschlungen hätte und alles in ihrem Rot aufsaugte. Unaufhaltsam näherte sich die Wolke dem Haus ihrer Eltern und schien sich von nichts aufhalten zu lassen. Was auch immer diese Wolke sein mochte, so wusste Sœlve sofort, dass sich diese Wolke wohl nicht ohne Grund in ihre Richtung bewegte.

War wieder Anthos, Lillys Vater, der sich immer wieder etwas Neues einfallen ließ, um sich für den Verlauf der Vampirhochzeit zu rächen, daran schuld?

Bevor sie sich aber darum kümmern konnte es herauszufinden, musste sie dafür sorgen, dass ihre Eltern in Sicherheit kamen.

Daher schrie sie ihren Eltern zu, dass sie so schnell wie möglich ins Haus rennen sollten.

Kurz dachte sie daran ob ihre Geschwister in Sicherheit waren, aber an diesem Wochenende besuchten sie gemeinsame Freunde in einer anderen Stadt.

Ihre Eltern schauten sie besorgt an, gingen dann aber ins Haus. Die Schlüssel zum Auto ihrer Eltern lagen auf dem Tisch, an dem sie eben noch gemütlich gesessen hatten. Kurzerhand nahm sie sich die Schlüssel, rannte zum Auto, sprang hinein, steckte hastig den Schlüssel in das Zündschloss und war erleichtert als der Motor sofort ansprang. Sie setzte den Wagen die Auffahrt zurück und fuhr rückwärts auf die Straße. Zu dieser Uhrzeit war die Hauptstraße zwar normalerweise immer voll, aber heute war diese komplett Autofrei. Dies war auch ihr Glück, denn sonst wäre sie wahrscheinlich in ein vorbeifahrendes Fahrzeug hineingefahren.

Als sie auf der Straße den Wagen unter Kontrolle hatte, wagte sie einen Blick in den Rückspiegel. Es raubte ihr ein wenig den Atem als sie sah, wie die Wolke hinter ihr aufragte. Jedoch schien sie sich jetzt wieder vom Boden gelöst zu haben und in die Höhe gestiegen zu sein. Und sie folgte ihr ... die Wolke war also wirklich wegen ihr hier.

Noch während sie die Wolke im Rückspiegel beobachtete, trat sie auf das Gaspedal und beschleunigte immer mehr. Ganz langsam ließ sie die Wolke hinter sich. Jedes Mal wenn sie sich umdrehte, stellte sie fest, dass die rote Wolke immer kleiner wurde.

Dass sie das Tempolimit weit überschritten hatte, interessierte sie in diesem Moment überhaupt nicht. Ihre Gedanken kreisten um alles Mögliche, ob sie der Wolke entkommen könne, was die Wolke anstellen würde, ob ihren Eltern etwas passiert war oder auch was diese Wolke überhaupt sei. Auch wenn sie nicht wusste, ob es überhaupt möglich war die Wolke abzuschütteln, war sie froh, als sie nach einiger Zeit so viel Abstand geschaffen hatte, dass sie nicht mehr im Rückspiegel zu erkennen war. Um einen Unfall zu vermeiden, verringerte sie ein wenig die Geschwindigkeit nachdem sie die Stadt und die Schnellstraßen hinter sich gelassen hatte. Unbewusst hatte sie den Weg zu ihrer Universität eingeschlagen und befand sich nun nach einer knappen Stunde Autofahrt auf einer Landstraße, die an einem Canyon entlang führte. Wenn sie zu schnell fahren würde, könnte sie die Kontrolle verlieren und mit dem Wagen von der Straße abkommen. Mit einer etwas gesenkteren Geschwindigkeit beruhigten sich auch ihre Gedanken wieder. In der Universität wäre Lilly und gemeinsam würden ihnen schon etwas einfallen. Vielleicht wusste sie ja sogar was es mit dieser Wolke auf sich hatte.

Eine knappe halbe Stunde später zeichnete sich am Horizont endlich ihr Ziel ab.

Die Universität war aber nicht so gewöhnlich, wie man es sich hätte vorstellen können. Als die Gründer beschlossen das Gebäude zu errichten, hatten sie den Plan, dass jeder Student etwas Besonderes sein könne und sich hier wohl fühlen sollte. Hier ging es nicht nur um die Vorlesungen, sondern auch darum, wie man dort leben konnte. Statt nun also einfach ein riesiges Gebäude hinzustellen, erbauten sie ein Schloss, das so imposant war, das es aus den schönsten Märchenfantasien der Kinder hätte kommen können. Und es war gigantisch. Lauter Türme schmückten die Dächer des Schlosses, die schon aus weiter Ferne sichtbar waren. Nicht ein Turm glich einen anderen. So konnten zum Beispiel die Dächer mit Fabelwesen aus den unterschiedlichsten Mythen und Sagen verziert oder unterschiedlich geformt sein. Alles Denkbare und vor allem alles Undenkbare wurde umgesetzt, so dass jeder Turm einen eigenen Namen trug. Einige der Namen waren Schlafräume für die Studenten und in anderen wurde Unterricht gegeben.

Als Sœlve und Lilly das erste Mal von dieser Universität gehört hatten, wollten sie unbedingt dort studieren. Zu ihrer Freude wurden sie auch gemeinsam angenommen und kamen in den Einhornturm, in dem sie sich ein Zimmer teilten. Ihr Zimmer war direkt unter der Spitze des Turmes und so hatten sie eine wundervolle Aussicht auf die Landschaft, die das Schloss umgab.

Mit quietschenden Reifen hielt Sœlve den Wagen auf dem Parkplatz der Universität und bahnte sich ihren Weg durch Menschenmassen um zum gemeinsamen Zimmer mit Lilly zu gelangen. Sie hoffte, dass sie da sein würde. Noch nie zuvor war sie in einer solchen Geschwindigkeit das Treppenhaus ihres Turmes hochgerannt und sie erreichte schließlich mit rasenden Herzen ihr Zimmer. Entgegen ihrer Hoffnung war Lilly nicht auf ihrem Zimmer. Sœlve überlegte kurz ob sie bei ihr auf dem Handy anrufen sollte, aber dann hörte sie wie sich die Tür hinter ihr wieder öffnete und ein violetter Haarschopf das Zimmer betrat. Lilly war ein wenig überrascht als ihr ihre Freundin auf einmal an den Hals fiel. "Was machst du denn hier?", fragte sie, als sie endlich Sœlves Haare nicht mehr vor ihrem Mund hatte, "Ich hab frühestens morgen wieder mit dir gerechnet!" Nachdem sie sich auf Lillys Bett gesetzt hatten und sich auch Sœlve vollkommen beruhigt hatte, fing sie an zu erzählen. Lillys Augen wurden immer größer je mehr sie von der Wolke hörte. Von solch einer

Wolke hatte auch sie noch nie zuvor gehört. Eine lange Stille entstand, in der die Beiden ihren Gedanken nachhingen.

Während sie noch überlegten geschah außerhalb der Universität genau das was Sœlve nicht gewollt hatte. Selbst mit der hohen Geschwindigkeit, mit der Sœlve vor der Wolke geflüchtet war, hatte diese sich nicht abschütteln lassen. Inzwischen hatte sie das Gebiet der Uni erreicht und sich um das Gebiet herum ausgeweitet. Sie bildete nun einen Kreis, der sich ganz langsam um das Schloss zusammenzog. Was mit einer beinahe gemächlichen Geschwindigkeit begonnen hatte, wurde immer schneller.

Nach einiger Zeit warf Lilly einen Blick aus dem Fenster. Um zu handeln war es inzwischen zu spät, da sich die Wolkenwand schon bis auf wenige Meter genähert hatte. Bevor sie noch reagieren konnten, verschluckte die Wolke das ganze Gebäude. Und genau so wie das Gebäude in der Wolke versank, versanken alle, die sich in dem Gebäude befanden, sofort in eine Ohnmacht.

Mit hämmernden Kopfschmerzen erwachten Lilly und Sœlve aus der Ohnmacht. Alles fühlte sich klebrig und leicht warm an. Nur langsam konnten sie wieder ihre Augen öffnen. Als sie wieder etwas sehen konnten, mussten sie feststellen, dass alles mit feinen roten Punkten benetzt war. Ein süßlicher beinahe blumiger Duft lag in der Luft und machte die Kopfschmerzen auch nicht erträglicher. Unter diesem Duft hatte sich eine Note gemischt, die leicht an Schwefel erinnerte. Da sie nicht wussten wie lange sie ohnmächtig waren, wollte Sœlve auf die Uhr schauen, war aber nur wenig überrascht, dass die Uhr stehen geblieben war.

Durch die rote Klebrigkeit auf ihren Körpern fiel es beiden sehr schwer sich überhaupt zu bewegen. Nach einiger Zeit hatten sie es geschafft sich zu erheben und sich in die Dusche zu schleppen, die nur wenige Zimmer entfernt waren. Die Kleidung auszuziehen wäre in dem Moment zu anstrengend gewesen, aber dennoch bewirkte die Dusche wahre Wunder. Mit der klebrigen Masse schienen auch die Schmerzen im Abfluss zu versickern. Gleichzeitig belebte das Wasser ihre Lebensgeister erneut.

Als sie aus einem der Fenster herausschauten sahen sie, dass die rote Wolke sich zu einer Mauer um das Gebäude gelegt hatte und sich langsam um die Universität herumzudrehen schien. Beim Anblick dieser gigantischen Wolkenformation verschlug es ihnen den Atem, denn das Einzige, was ihnen auch nur im

Entferntesten ähnlich erschien, war das Auge eines Hurrikans. Innerhalb dieses Auges schien nicht ein einziger Windhauch zu wehen, nicht ein einziges Blatt an einem der zahlreichen Bäume bewegte sich. Wenn die Wolkenformation sich nicht unentwegt bewegen würde, hätte man annehmen können, dass die Zeit eingefroren wäre. Unbeirrt drang dieser süßliche, immer schwerer werdende Geruch durch das geöffnete Fenster in den Raum und wurde so intensiv, dass er sogar als Geschmack leicht auf der Zunge zu schmecken war.

Wortlos schauten sie sich an, verließen das Badezimmer und betraten den Flur. Vorsichtig schlichen sie sich zum Treppenhaus, welches wie alles andere in diesem Gebäude vollkommen ausgestorben wirkte. Auch jetzt hörten sie nicht ein einziges Geräusch außer ihren Schritten auf dem Boden. Da sie auch mit den Schuhen geduscht hatten, hinterließen sie mit jedem Schritt kleine Spuren in der roten Masse. Nach einer kurzen Diskussion darüber was sie nun machen würden, begriffen sie, dass sie im obersten Stockwerk des Turmes, sollte etwas passieren, nicht viel ausrichten könnten. Langsamer als je zuvor stiegen sie die Treppe hinunter und lauschten nach jedem Schritt, ob sie etwas hören konnten.

Endlich verließen sie den Turm und erreichten

ein Stockwerk, über das sie auch die anderen Teile des Gebäudes erreichen konnten. Ein langer Gang, mit Holz vertäfelten Wänden, erstreckte sich in beide Richtungen. Auch auf diesem Stockwerk war es so still wie im Turm zuvor und dies beunruhigte die beiden Freundinnen noch mehr als das auch hier überall diese kleinen roten, klebrigen Tröpfchen waren. Wo waren alle anderen Studenten und Lehrer hin?

Bevor sie aber nun eine Entscheidung treffen konnten, hörten sie von der rechten Seite des Ganges leise Geräusche kommen. Die Tür war mehrere Zimmer von ihnen entfernt und als die Geräusche lauter wurden, huschten sie in den nächstbesten Raum. Noch bevor die Tür vollkommen hinter ihnen geschlossen war, stürmten auch schon brüllende Orks in den Flur. Geifer tropfte in den Mäulern der bis an die Zähne bewaffneten Monster. Nicht nur waren sie mit allen möglichen Waffen ausgestattet, auch waren sie von Kopf bis Fuß von glänzenden Rüstungen beschützt.

Die Situation wirkte ausweglos. Sie saßen in dem Raum in der Falle. Lilly überlegte, ob sie ihren Spiegel aus Atlantis einsetzen sollte. Beide hatten in Atlantis einen mit schwarzen Rosen besetzten Taschenspiegel erhalten mit dem sie die Schwächen von Gegnern erkennen konnten.

Allerdings würden sie dann höchstwahrscheinlich sofort von den Orks entdeckt werden. Viele Optionen blieben den beiden nicht und sie mussten jetzt schnell handeln. Sehr schnell. Sie stellten fest, dass sie in einem der Speisesäle waren. Hier konnten die Studenten in ihren Pausen beieinander sitzen und zusammen essen, auch wurden diese Räume gerne zum Lernen genutzt. Gegenüber der Tür wurde der Raum durch eine Fensterwand begrenzt und an den Seiten waren große Schränke. Da sie nicht wussten was sie tun sollten, stürmten sie zum Fenster um hinauszuschauen. Es ging mehrere Stockwerke steil hinab, so dass dies keine Option war. Blieben nur noch die Schränke. Zu ihrer Freude waren diese nicht abgeschlossen und boten ein gutes Versteck, sollten die Orks nicht jeden einzelnen Schrank durchsuchen wollen. Auch wenn Sœlve ihr grünes Leuchten gerne zum Schutz eingesetzt hätte, ließ sie es bleiben, da ein eventueller Schimmer sie vielleicht schon hätte verraten können.

Kaum hatten sie sich in einem Schrank auf dem Boden zusammen gekauert, wurde die Tür zum Raum aufgesprengt. Sie hörten Holz splittern und Metall auf Metall schreien – dann war es wieder still... als wäre nichts gewesen. Vorsichtig warfen sie einen Blick aus dem Schrank heraus und sie sahen nur noch die

Überreste dessen, was einmal ein Speisesaal war. Der süßliche Geruch war jetzt noch intensiver als zuvor.

„Was waren das nur für Wesen?", fragte Sœlve mit einem leicht abwesenden Gesichtsausdruck.

„Ich habe leider auch keine Ahnung... solche Kreaturen hab auch ich noch nie gesehen.", während Lilly dies ein wenig unsicher sagte, ergriff sie vorsichtig Sœlves Hand und zeigte mit ihrer anderen auf die Überreste der Holztür, die nun auch wie der Rest der Möbel, zersplittert über dem Boden verteilt war.

Auf Zehenspitzen schlichen sie zur Tür um einen Blick in den Flur werfen zu können. Kein einziges Monster war mehr zu sehen, aber auch auf dem Flur war alles in kleine Stücke zerhackt worden. Als sie den Flur betreten hatten, sahen sie, dass alle Zimmer so verwüstet waren und wirklich nichts heil geblieben war.

Ihnen fiel aber auf, dass sich eine zweite Duftnote, wie nach zuckersüßem Obst zu dem Hauptgeruch gemischt hatte. Dieser Duft sorgte ein wenig dafür, dass sich ein etwas wohligeres Gefühl in ihnen ausbreitete. Obwohl es in dieser Situation fatal für sie war, entspannten sie sich etwas gegen ihren Willen. Ihre Gedanken wurden leichter und ihre großen Sorgen verschwanden so dass sie ohne großartig darüber nachzudenken einfach in den Gang gingen, aus dem zuvor diese merkwürdigen Monster gekommen waren. Es würde ihnen schon nichts passieren, dachten sie sich verklärt. Glücklicherweise war der Flur tatsächlich leer, doch die Zerstörung wirkte sogar noch schlimmer als vorhin. Wo bis vor kurzem noch Büsten und alte Rüstungen standen war nun nur noch Schutt und Asche übrig geblieben.

Das Chaos setzte sich auch in den angrenzenden Fluren weiter fort. Egal wohin sie auch gingen, überall war alles nur zerstört, andere Studenten oder Professoren hingegen konnten sie nicht entdecken. Wie lange mochten sie nur ohnmächtig gewesen sein?

Schließlich betraten sie ein Treppenhaus und öffneten die Tür zu einem anderen Flur als ein Schrei eines Mädchens die Stille zerriss. Vorsichtig öffneten sie die Tür und sahen, wie sich der Nebel langsam von der anderen Seite des Flures in ihre Richtung ausbreitete. So schnell und leise sie konnten schlossen sie die Tür, schauten sich kurz gegenseitig an und stürmten dann das Treppenhaus hinauf. An der Spitze des Aufgangs befand sich nur eine Tür, die zu einem Vorratslager führte. Kurzerhand betraten sie das Lager, das mit allerlei Sachen vollgestopft war. Große Säcke mit Lebensmitteln lagen aufeinander gestapelt neben Holzfässern. In einigen Schränken konnten sie Bettwäsche und andere Stoffe entdecken. Das besondere an den Lagern in der Universität waren allerdings ihre gigantischen Glaswände durch die man jederzeit in den Flur schauen konnte. Irgendjemand kam beim Bau des Schlosses auf die Idee alle Wände zu den Lagern aus Glas zu bauen, damit niemand extra in die Räume musste um zu sehen, ob spezielle Dinge neu bestellt werden mussten.

Lilly trat näher an die durchsichtige Wand heran und stieß einen erstickten Schrei heraus, während sie sich schnell wieder davon entfernte. Die rote Wolke hatte sich bereits im Treppenhaus ausgebreitet und kroch die Stockwerke hinauf. Nach einem kurzen Blick in alle Richtungen versteckten sich die beiden Freundinnen hinter ein paar Holzfässern, die einen guten Sichtschutz von außen bieten würden, während sie selbst den Flur im Auge behalten konnten. Gerade als sie sich in Deckung gebracht hatten, erfüllte der Nebel auch alles vor der Scheibe.

Es sah aus als ob unzählige Hände diese abtasten würden und auf einmal erschienen zwei rubinrote Augen im Nebel. Ihre Blicke zuckten wie wild durch den Raum und als sie nichts entdecken konnten, zog sich der Nebel wieder genau so langsam, wie er sich aufgebaut hatte, zurück.

Wieder erklang ein leiser Schrei in der Ferne und dann war es wieder still.

Die beiden Mädchen verließen ihre Deckung und wollten weiter erkunden was noch im Gebäude war, doch dann stand auf einmal ein riesiger Ork vor dem Glas, den sie zuvor nicht gesehen hatten. Er brüllte etwas in einer ohrenbetäubenden Lautstärke und fing an auf die Scheibe einzuschlagen. Sie waren also entdeckt worden. Mit jedem Schlag des Orks bildeten sich mehr Risse im Glas, das den Schlägen wohl nicht mehr lange standhalten konnte. Sœlve ergriff Lillys Hand und zog sie weiter nach hinten in den Raum. Hier waren kleine Fenster mit einem Blick in den Himmel. Es blieb ihnen kein anderer Ausweg als auf das Dach zu flüchten, die Orks waren zu groß um ihnen durch die Fenster zu folgen.

Sie kletterten durch eines der Fenster und in dem Moment als beide auf dem spitz zulaufenden Dach waren, hörten sie wie das Glas mit einem lauten Klirren zerbrach. Nur wenige Augenblicke später tauchten die Gesichter der Orks im Fenster auf und brüllten die Beiden an. Vorsichtig bewegten sich Sœlve und Lilly über das Dach. Mit nur einem falschen Tritt konnten sie viele Meter in die Tiefe stürzen. Lilly warf einen Blick nach unten und was sie dort sah, verschlug ihr den Atem. "Sœlve, schau dir das an!", rief sie ihr zu während sie mit einer Hand auf den Innenhof der Universität deutete. Auch Sœlve war geschockt von dem Anblick. Auf dem Innenhof befanden sich lauter Orks, die auf dem Boden liegende, bewusstlose Studenten bewachten. Eine Säule, die blutrot wie die Wolke war, drehte sich unaufhaltsam an einer Stelle. Nach und nach warfen die Orks einen Studenten nach den anderen in diese Säule, in der sie sich aufzulösen schienen.

Einige der Opfer, die in den Sog geworfen wurden, erlangten kurz vorher ihr Bewusstsein und schrien vor Grauen auf als sie mitbekamen, was mit ihnen geschah. Ihre Körper lösten sich im Wirbel auf und das Letzte was von ihnen blieb, waren die abrupt endenden Schreie.

Das Schauspiel raubte ihre volle Aufmerksamkeit, so dass sie nicht mitbekommen hatten, dass die Orks es inzwischen geschafft hatten, sich durch die Fenster zu zwängen, auf das Dach geklettert waren und sich ihnen unbemerkt genähert hatten.

Eine kalte mit Stacheln besetzte Hand ergriff Sœlves Knöchel, lange Stacheln drangen in ihr Bein ein. Die Schmerzen waren unbeschreiblich und sie fing sofort an zu schreien. Fast wie von alleine erschien um sie herum ihr grünes Leuchten, das sie bis jetzt immer vor allen möglichen Gefahren beschützt hatte, aber dies schien den Ork nicht zu interessieren. Im Gegenteil: er verstärkte einfach seinen Griff, so dass die Schmerzen in ihrem Bein noch schlimmer als zuvor wurden. Sœlve hatte das Gefühl, dass ihre Knochen brechen oder die Dornenstacheln ihr Bein zerfetzen würden, wenn der Ork den Druck auch nur noch ein wenig erhöhen würde. Blut floss in Strömen aus ihrem Fuß während immer mehr Tränen des Schmerzes in ihre Augen schossen. Lilly ergriff ihren Arm und riss sie mit in die Tiefe. Sofort ließ der Schmerz in ihrem Bein nach und ihr Leuchten erfüllte die frischen Wunden und ließ sie augenblicklich verheilen.

Sie waren im freien Fall und der Boden kam unaufhaltsam näher auf sie zu. Sœlve konzentrierte sich und bremste den Fall nur wenige Zentimeter über den Boden ab. Einen kurzen Augenblick schwebten die beiden in der Luft. Sanft setzten sie auf dem Boden auf und schon sahen sie, dass sich einige Orks aus der Masse der Bewacher gelöst hatten und auf sie zustürmten. Für ihre Größe waren sie unglaublich schnell und erreichten ihren Platz schneller als ihnen lieb war. Ohne einen weiteren Gedanken zu verschwenden, rannten sie über den Innenhof und konnten beinahe den Atem der Orks in ihren Nacken spüren. Immer näher kamen diese an sie heran und auch wenn Sœlve und Lilly versuchten sie abzuhängen, wurden sie ihre Verfolger einfach nicht los.

Während sie über den Innenhof rannten, schien dieser immer größer zu werden. Sie liefen auf eine Wand des Innenhofs zu, in der eine große Tür offen stand. Schlitternd kamen sie in dem Raum zu stehen und rissen die Tür hinter sich zu. Als sie sich umschauten, stellten sie fest, dass sie sich in der Küche befanden. Doch sie waren nicht allein. Auch hier waren Orks, die allerdings deutlich kleiner waren als diejenigen, die ihnen draußen gefolgt waren. Die Ungeheuer schauten sie an, fingen an zu quietschen und rannten schreiend in eine der Ecken, so als ob sie sich vor den Mädchen fürchten würden. Hinter ihnen knallte es immer wieder von außen gegen die Tür. Auf der gegenüberliegenden Seite befand sich eine weitere Tür, die sogar offen stand. Da der Weg vollkommen frei war, stürmten sie, ohne den kleinen Orks einen weiteren Blick zu würdigen, durch den Raum und betraten dann wieder einen langen Flur, der sich in beide Richtungen erstreckte.

Bevor sie jedoch irgendwie reagieren konnten, erschien vor ihnen ein roter Nebel, der sich vor ihnen aufbaute und einem beinahe menschlichen Körper bildete. Ein Arm dieses Wolkenwesens streckte sich mit langen

Fingern ihnen entgegen und wollte Sœlves Kette ergreifen.

Eine weibliche Stimme brüllte "GIB MIR DEIN HEEEERZ! Du brauchst es eh nicht mehr!"
Wieder griff sie nach dem Herzen, aber Sœlve wich schnell zur Seite aus. Lilly hatte in der Zwischenzeit ihre Fächer aus Atlantis erscheinen lassen und versuchte dieses Wesen anzugreifen, aber jeder Angriff ging durch sie hindurch und hinterließ keinerlei Schaden. Es interessierte dieses Wesen nicht einmal und es brach stattdessen in hämisches Gelächter aus.
Und dann gelang es ihr das Herz zu berühren und ihre Hand darum zu legen. In dem Augenblick fühlte es sich so an, als ob alles um sie herum explodieren würde. Mit einem gewaltigen roten Leuchten erstrahlte das Herz und warf pulsierende Wellen von sich. Auch wenn vorher nichts geholfen hatte, schrie das Nebelwesen jäh laut auf und wurde nun von Sœlve weggeschleudert. Es knallte an die Wand und durchbrach diese mit einem lauten Krachen. Während die Mauer brach, sah es so aus, als ob es Struktur verlor und sich auflösen würde. Bevor sie sich aber freuen konnten brüllte die Stimme laut auf: "Wie könnt ihr es nur wagen euch mir zu widersetzen?!"
Wieder nahm der Nebel eine feste Kontur an. Ein Strahl schoss an ihnen vorbei, durchdrang

die Tür und ergriff einen der Orks, die sich hinter der Tür befanden, an der Kehle und riss ihn durch diese hindurch. Angewidert konnten sie das Knacken seiner Wirbelsäule laut und deutlich vernehmen. Es durchdrang sie, als ob sie selbst diese Schmerzen erleben mussten. Die Mädchen sprangen zur Seite um nicht von dem Ork getroffen zu werden. Nun aber benutzte die Nebelkreatur den Ork wie eine Peitsche und schlug immer wieder mit dem toten Körper in ihre Richtung. Immer wieder schafften sie es auszuweichen, bis Lilly stolperte und auf den Boden fiel. Sœlve warf sich auf ihre Freundin um sie zu beschützen. Schon traf sie die Wucht des auf sie geworfenen Orks. Das Gewicht war unglaublich hoch und raubte beiden den Atem. Bevor sie sich davon erholen konnten oder den Toten von sich runter schieben konnten, hatte das Nebelwesen mit mehreren Strängen Orks ergriffen und schleuderte alle gleichzeitig auf sie.

Beide schlossen ihre Augen als Sœlves Herz wieder in vollster Helligkeit aufleuchtete und sie ließ ihr grünes Leuchten um sich herum erscheinen. Lilly umklammerte sie von hinten und im selben Augenblick war auch sie von dem grünen Schein umgeben. Dann wurde es schwarz.

Sœlve öffnete ihre Augen und wusste im ersten Moment nicht wo sie jetzt war. Ihre Herzkette leuchtete, als ob es wie ein richtiges Herz schlagen würde, mehrmals auf und erlosch wieder.

Um sie herum war nun wieder die totale Finsternis. Sie spürte aber, dass sie unter einer Decke lag und neben ihr fing etwas schwach an sich zu bewegen. Lilly war auch aufgewacht und knipste eine kleine Lampe neben dem Bett an und erschrak als sie ihre Freundin sah. Beide waren am ganzen Körper mit kleinen roten Flecken überseht.

Saltus Rationes

Nachdem Lilly in eine ferne Großstadt gezogen war, konnten Sœlve und Lilly sich eine längere Zeit nicht sehen. Beiden fehlte die andere sehr stark und so freuten sich die beiden sehr über ihr Wiedersehen. An einem kühlen Tag im Frühling kam Sœlve nach einer langen Zugfahrt am Bahnhof der Großstadt an. Die Fahrt war alles andere als angenehm, da nicht nur der Zug mitten auf der Strecke einfach stehen geblieben war, sondern auch die Sitze einfach nur unbequem waren. Lilly wartete schon am Gleis auf sie und Sœlve konnte ihre violetten Haare schon beim Einfahren sehen.

Mit Tränen in den Augen fielen sie sich gegenseitig in die Arme und wollten sich nicht voneinander trennen. Nach einiger Zeit schafften sie es dann doch sich zu lösen und gingen in ein gemütliches, kleines Restaurant. Sie ließen es sich gut gehen und aßen und tranken bis sie zufrieden waren.

Die beiden wollten ein wenig die Stadt unsicher machen, aber erstmal den Koffer in Lillys Wohnung bringen. Schon kurze Zeit später waren sie wieder in der Innenstadt und bummelten durch die Fußgängerzone. Ein Modegeschäft reihte sich an das nächste und beide machten sich den Spaß ein

Kleidungsstück nach dem anderen anzuprobieren. Daran auch nur ein einziges Stück ernsthaft zu kaufen dachten beide nicht. So verging der Nachmittag und die beiden waren einfach nur glücklich wieder miteinander Zeit verbringen zu können.

Langsam fing es an zu dämmern und sie fuhren zu Lillys Wohnung.

Gemeinsam kuschelten sie sich auf dem Sofa unter einer großen Wolldecke aneinander und redeten noch lange während es draußen anfing zu stürmen. Die Zeit verflog rasch und irgendwann schliefen die beiden ein. Sie schliefen so tief, dass beide nichts mehr von dem heftigen Sturm mitbekamen.

Am nächsten Morgen schien die Sonne in das Wohnzimmer und weckte die beiden sanft auf. Gemütlich standen sie auf und machten sich ein großes Frühstück mit viel zu viel Essen.

Schon am Vorabend hatten sie sich vorgenommen wieder einen langen Spaziergang zu machen und weiter die Stadt zu erkunden. Durch die Stadt floss ein großer Fluss, so dass die beiden Stadtteile mit vielen Brücken verbunden waren.

Nach dem ausgiebigen Essen machten die beiden sich fertig und verließen die Wohnung. Was sie allerdings vor der Tür erwartete, hätten sie nicht im Geringsten erwartet. Das Haus in dem sich Lillys Wohnung befand war in einer Allee und viele schöne und vor allem alte Bäume waren in der Nacht entwurzelt worden. Wie konnte es nur sein, dass keine von beiden etwas mitbekommen hatte?

Sœlves Herzkette, die sie vor einiger Zeit von Lilly erhalten hatte, erwärmte sich leicht auf ihrer Brust. Allerdings bekam sie es nicht wirklich mit. So brachen die beiden Mädchen zu ihrem Spaziergang auf. Nachdem sie einige Stationen mit der Straßenbahn gefahren waren, erreichten sie eine Station in der Nähe zum großen Fluss. Sie schlenderten den Fluss entlang und erreichten eine Brücke, deren Seiten aussahen wie aus dem letzten Jahrhundert, aber über den Fluss aus einer modernen Metallkonstruktion bestand. Kurzerhand entschlossen sie sich über die Brücke auf die andere Seite zu gehen.

In einem der Brückentürme entdeckten sie einige Tauben, die sich dort ihr Nest gebaut hatten und sich gemütlich ausruhten. Da weder Lilly noch Sœlve jemals zuvor auf dieser Seite gewesen waren, waren sie begeistert von dem, was sie dort nach dem Spaziergang über die Brücke erwartete. Zwar waren die beiden Ufer nicht so weit voneinander entfernt, dass man ein Fernglas benötigt hätte um etwas zu erkennen, aber sie hatten nicht damit gerechnet ein so schönes Fleckchen zu entdecken.

Auf beiden Seiten der Brücke erstreckten sich weite Wiesen, die von einer kleinen Straße und vielen kleinen Trampelpfaden durchzogen waren. Einige Jogger hatten sich auch von dem leichten Nieselregen nicht abhalten lassen und liefen über die Wege.

Da es die Tage zuvor so viel geregnet hatte, war die Wiese leider sehr durchnässt und bot keine Möglichkeit sich gemütlich zu setzen. Daher genossen sie einfach ihre mitgebrachten Schokoriegel während sie der kleinen Straße folgten. Immer wieder wurden sie von Joggern überholt oder andere kamen ihnen entgegen. Die beiden machten sich einen Spaß daraus sich ein wenig über einige lustig zu machen. Wer läuft denn auch schon freiwillig mit Skistöcken durch die Gegend, dachten sich die Beiden. Aber sie freuten sich auch über einen Hund, der sich lieber von ihnen streicheln ließ, als mit seinem Herrchen weiter zu laufen.

Wie immer, wenn die beiden zusammen waren, verging die Zeit viel zu schnell und nach einiger Zeit hörten sie ein Grollen aus Richtung der Stadt, über der sich schon wieder pechschwarze Wolken gebildet hatten. Die ersten Blitze, gefolgt von leisen Donnern, zückten über die Stadt und verliehen ihr ein leicht gespenstisches Aussehen. Um nicht in das Gewitter zu geraten, beeilten die beiden Freundinnen sich und erreichten eine

Straßenbahnstation. Gerade als sie dort ankamen, fuhr auch schon die Bahn in Richtung Lillys Wohnung.

Wieder dauerte es nicht lange bis sie bei Lilly ankamen. Erst jetzt bemerkten die beiden, dass der Sturm in der Nacht doch noch schlimmer gewütet hatte. Die umgefallenen Bäume waren inzwischen vollkommen beseitigt, und auch einige der Heilen waren gefällt worden. Die vorerst schöne Allee war nun auf ein kümmerliches Dutzend an Bäumen geschrumpft. Sœlves Herz erwärmte sich stärker als auf dem Hinweg und leuchtete auch leicht durch die Kleidung hindurch. Lilly bemerkte dies und ergriff Sœlves Hand, die kurz darauf einen der übrig gebliebenen Bäume berührte.

Das Herz an Sœlves Hals erstrahlte wieder in einem blendenden Rot und umgab die beiden. Um sie herum fing die Welt an sich erst langsam, und dann immer schneller zu drehen. Alles wurde unscharf und nichts hatte mehr eine feste Kontur. Unter ihnen öffnete sich ein Wirbel und riss sie hinab in die Tiefe, bei der beide das Bewusstsein verloren.

Mit einem Pochen im Kopf erwachten sie auf einer grünen Wiese. Immer noch drehte sich alles ein wenig um sie herum und es dauerte ein wenig bis die beiden ihre Umgebung wirklich wahrnehmen konnten. Auf ihrer linken Seite befand sich ein See, der sich über ein großes Gebiet erstreckte und in eine Stadt zu verlaufen schien. Lilly erkannte, dass einige Gebäude über den See gebaut worden waren.

Auf ihrer rechten Seite befand sich ein schwarzer Wald, dessen Bäume, bis auf ein paar wenige Ausnahmen, abgestorben aussah. Dieser Ort war nicht unbedingt ein Platz, an dem sie bleiben wollten, also fassten sie sich an den Händen und folgten einen Trampelpfad, der sich in Richtung der Stadt schlängelte. Auch wenn der Pfad auf den ersten Blick nicht so aussah, war er dennoch erstaunlich fest und auf dem ausgetretenen Pfad konnten sie gut vorankommen. Immer wieder schauten sie sich um und ließen ihre Blicke in die Ferne streifen und auch wenn sie keine Tiere sehen konnten, erklang ein Vogelgezwitscher von allen Seiten, Frösche und Enten quakten vor sich hin und auch die eine oder andere Grille zirpte vor sich hin. Je weiter sie sich der Stadt nährten, desto mehr lag ein leichter Geruch von Feuer in der Luft, eine Quelle des Geruchs konnten sie aber nicht ausmachen.

Eine gewaltige Mauer, die Teile der Stadt umgab, baute sich vor ihnen auf. Durch ein Tor in der Mauer betraten sie den Ort und fanden eine mittelalterliche Stadt mit lauter alten

Fachwerkhäusern vor. Sowohl Sœlve als auch Lilly kam der Ort aus irgendeinem Grund ein wenig bekannt vor, kamen aber nicht darauf woher. Es herrschte ein reges Treiben und zahlreiche Menschen liefen durch die Straßen. Esel zogen voll beladene Karren in Richtung der Innenstadt und Männer in silbernen Rüstungen, wohl die Stadtwache, ritten auf Pferden hin und her. Zusätzlich zu den berittenen Wachen patrouillierten auch Wachen zu Fuß durch die Straßen.

Der Geruch von frisch gebackenem Brot und anderem Essen erfüllt die Luft und an vielen Stellen saßen die Einwohner an kleinen Tischchen in Grüppchen zusammen und redeten, aßen und tranken Weine.

Seitdem die beiden etwas gegessen hatten, war bereits viel Zeit vergangen und ihre Mägen knurrten ein wenig. Lilly fiel ein, dass sie noch Schokoriegel in der Tasche hatte. An einem Tisch war noch Platz, daher setzten sie sich einfach dazu und genossen ihre Schokolade. Als sie anfingen ihre Riegel auszupacken, wurden sie von den anderen Personen am Tisch gemustert und die Gespräche verstummten vollkommen. Lilly und Sœlve fühlten sich durch diese Stimmung ein wenig unwohl. Sobald sie fertig waren, erhoben sie sich wortlos und setzten ihren Spaziergang durch die Stadt fort.

Auf dem Marktplatz herrschte durch den stattfindenden Markt ein noch größeres Gewimmel als in den Straßen und Gassen, die sie zuvor durchquert hatten. Händler boten lautstark ihre Waren an und an allen Ständen wurde ihnen Obst und Gemüse zum Probieren angeboten. Alles schmeckte so köstlich, dass sie es fast bereuten schon die Schokolade gegessen zu haben. Rund um den großen Markt reihte sich ein Reetdach besetztes Haus an das Nächste, was dadurch wie eine Art Mauer innerhalb der Stadt wirkte.

Sie schauten sich weiter um und entdeckten ein Feuer, das noch nicht lange zu brennen schien. Verwundert betrachteten sie das Feuer, denn in der Mitte des aufgescheiteten Holzes befand sich ein Kreuz. Ein Scheiterhaufen konnte es aber nicht sein, da viele Mönche über den Markt huschten und ein Priester eine laute Predigt hielt. Um etwas von dem zu verstehen, bewegten sie sich langsam durch die Masse auf das Feuer zu.

"Schwärmet aus und findet diese Hexe mit ihrem Gehilfen!", Geifer tropfte ihm vom Mund und er redete sich immer mehr in seine Wut hinein, "Satanas wird uns nicht entkommen! Wir werden beide Seelen in den gütigen Schoß der Kirche zurückholen und ihnen die Gnade der..."

Mitten im Satz hörte er auf einmal auf. Er hatte Lilly entdeckt und die Worte blieben ihm im Halse stecken. "Seht!! Die Hexe!! Sie wagt sich tatsächlich wieder her!", noch während er dies brüllte, drehte sich die Masse, die bis dahin an seinen Lippen hing, zu den beiden Mädchen um. Bevor irgendetwas passieren konnte, ergriff Sœlve Lillys Hand und ließ ihr grün leuchtendes Schutzschild um sie erscheinen.

Dies war vielleicht etwas zu kurzfristig denn jetzt war selbst der letzte Einwohner der Stadt auf sie aufmerksam geworden. Mit kleinen, vorsichtigen Schritten versuchten sie rückwärts den Menschen aus dem Weg zu gehen, wurden aber schnell auch von hinten umstellt, während der Priester weiter seine Hetztiraden schrie.

"Sie zeigen ihr wahres Gesicht! Treibt sie zum Scheiterhaufen und wir werden sie erlösen!"
Unzählige Hände griffen nach ihnen, konnten sie aber dank Sœlves Schutz nicht berühren.

"Treibt die Hexen hier her! Sie verdienen das Feuer!"
Sœlve konnte aus eigener Kraft fliegen, hatte aber noch niemals versucht jemand anderes mit zu erheben, aber Lilly konnte durch ihre Fähigkeiten extrem hoch springen, also war es einen Versuch wert. Als die Masse weiter versuchte sie in Richtung des Scheiterhaufens zu treiben, flüsterte Sœlve nur ganz leise

"Spring!". Lilly verstand sofort was ihre Freundin von ihr wollte und mit dem Sprung riss sie Sœlve mit in die Luft. Es klappte und beide schwebten in der Luft, während die Menschen unter ihnen noch lauter als zuvor anfingen zu schreien und zu toben. Sie flogen in Richtung der Stadtmauer, als auf einmal Pfeile an ihnen vorbeisausten. Die Stadtwachen und Soldaten feuerten mit Armbrüsten einen Pfeil nach dem Nächsten ab. Da Sœlve mit Lilly nicht so schnell war, als wenn sie alleine flog, wurde es langsam zu gefährlich um in der Luft zu bleiben. Langsam sanken sie Richtung Boden und landeten auf einer Art kleinen Marktplatz, der von 7 Häusern umgeben war. Der Platz war vollkommen leer und die Gebäude schienen verlassen zu sein. Doch eines dieser Häuser stach hervor, denn es war vollkommen in weiß gehalten und hatte ein großes Kreuz über den offenen Türen. Darin stand ein vollständig in weiß gekleideter Mann, der ihnen zuwinkte und rief, dass sie so schnell wie möglich zu ihm kommen sollten. Sie rannten auf ihn zu und als sie das Gebäude betreten hatten, schloss er die Türen hinter ihnen.

Alles in diesem Haus sah aus wie in einer alten Apotheke. Riesige Regale, die vom Boden bis unter die Decke reichten, waren mit braunen Flaschen, gefüllt mit den merkwürdigsten Inhalten, vollgestopft. Die Mitte des Raumes wurde durch einen großen, aus alter Eiche gefertigten Tresen geteilt. Dahinter waren weitere Regale und eine Tür in einem weiteren Raum. Der Mann sagte nichts als er an den beiden Mädchen vorbeiging. Er griff nur hier und dort in eines der Regale, nahm eine Flasche und maß immer ein wenig von dem jeweiligen Inhalt ab, den er dann in einem Mörser vermischte. Als er nach einigen Augenblicken fertig war, füllte er ein kleines Fläschchen davon ab, das er sofort verkorkte und mit Wachs versiegelte. Mit den Worten: "Ihr werdet dieses Medikament irgendwann mal benötigen. Setzt es aber klug ein!" drückte er es Lilly in die Hand und bevor sie etwas antworten konnte, ging er in die hintere Ecke des Raumes. Dort befand sich noch eine Tür, die den beiden zwischen den Regalen bis dahin noch gar nicht aufgefallen war. Diese schwang wie von alleine auf und er bedeutete ihnen hindurch zu gehen. Hinter der Tür verschlug es ihnen beinahe den Atem.

Sie befanden sich auf einer Art Rundweg, der von Häusern umgeben war. Lauter bunte Blumen, Büsche und kleine Bäume zierten diesen Weg, aber das wirklich Besondere war, dass die Häuser sich erhoben und das ihnen genau gegenüber liegende Haus erschien so, als würde es über dem Wasser schweben. Dies war die Stelle, die sie schon vor dem Betreten der

Stadt gesehen hatten. Ein kleines Ruderboot lag vertäut in ihrer Nähe im Wasser. Sie sprangen hinein und mit nur wenigen Handgriffen lösten sie das Boot, das sich schon wie von alleine auf die Öffnung zum See hinzu bewegte. Der Mann stand nach wie vor in der Tür und winkte ihnen nach, sah nun aber sehr traurig aus. Das Boot glitt unter dem Haus hindurch und schon hatten sie die Stadt verlassen. Jetzt mussten sie nur noch irgendwie hier weg kommen. Daher ergriffen sie die Paddel und ruderten ein Stück über dem See bis sie ungefähr dort ankamen, wo sie auch angekommen waren. Irgendwie hatte sich in der kurzen Zeit aber etwas verändert. Sie konnten aber beim besten Willen nicht sagen, was es war. Und doch fühlte es sich anders an als zuvor. Sie gingen ein Stück den Pfad entlang und fingen an darüber zu reden, was eben passiert war. Es war einfach zu merkwürdig gewesen, dass Lilly sofort als Hexe bezeichnet worden war und dass sie schon einmal dort gewesen sein sollte, obwohl Lilly sich nicht im Geringsten daran erinnern konnte diesen Ort jemals zuvor betreten oder gar gesehen zu haben. Es war egal wie sehr sie darüber nachdachten und was für Theorien sie hatten, keine schien auch nur im Entferntesten passen zu können.

So erreichten sie wieder die Stelle mit den abgestorbenen Bäumen als Sœlves Herz wieder zu leuchten begann. Und wie auch schon beim letzten Mal fing die Welt um sie herum an sich immer schneller zu drehen und der Wirbel öffnete sich erneut unter ihnen.

Allerdings verloren sie diesmal nicht das Bewusstsein und standen so auf einmal wieder vor dem Haus von Lilly. Hatten sie es sich nur eingebildet, was gerade passiert war? Lilly kniff Sœlve leicht in den Arm, die sich sofort darüber beschwerte, warum sie das gemacht hätte. "Na wenigstens sind wir wach", lachte Lilly mit ihrem gewinnenden Lächeln und beide fingen an laut loszulachen.

Während sie noch dastanden und lachten, verdunkelte sich der Himmel mit rasender Geschwindigkeit. Fast im selben Moment setzte ein sturzbachartiger Regen ein und durchnässte alles innerhalb kürzester Zeit. Noch fanden die beiden Freundinnen es lustig, da ihnen ein Regen nichts ausmachte, aber dieser Regen war irgendwie... klebrig. Dieses klebrige Gefühl legte sich über die beiden und in dem Moment begriffen sie, dass etwas vollkommen falsch war. Wieder glühte Sœlves Herz auf und schon wieder wurden sie von dem Strudel unter ihnen verschluckt.

Bevor sie sich versehen konnten, befanden sie sich an einem vollkommen unwirklichen Ort. Blitze zuckten über den Himmel gefolgt von ohrenbetäubendem Donnern. Zwar gab es auch hier Bäume und in der Entfernung schienen so etwas wie Gebäude zu sein. Über alles hatte sich ein weißliches und gräuliches, feines Netz gelegt, als hätten Spinnen alles mit ihren Netzen überzogen. Auch sie waren noch mit der klebrigen Masse aus dem Regen überzogen. Plötzlich fiel die Temperatur auf einmal schlagartig von einer angenehmen zu einer sehr kalten Temperatur, so dass sich auf den Spinnweben Eiskristalle bildeten und auch der Atem der beiden Freundinnen sichtbar wurde. Trotz der klirrenden Kälte war den beiden nicht kalt, da Sœlves Herz in seinem satten Rot mit ihrem grünen Schutz um sie herum um die Wette glühte.

Doch noch ehe sich die beiden versahen, hörte das Gewitter auch schon wieder auf und es war wieder warm wie vorher. Die Eiskristalle schmolzen so schnell wie sie entstanden waren, doch empfanden die beiden die Umgebung nicht auch nur einen Hauch angenehmer. Da sie nicht wussten, warum sie gerade von einem Ort zu einem anderen Ort teleportiert wurden, entschlossen sie sich vorsichtig in Richtung der Gebäude zu gehen. Vielleicht waren dort ja auch

Menschen, die ihnen wenigstens sagen konnten, wo sie hier waren.

Die irreale Welt um sie herum machte ihnen tatsächlich ein wenig Angst, auch wenn ihnen augenscheinlich keine Gefahr drohte. Ein in der Ferne erklingendes Hundegebell ließ sie kurz zusammenzucken. Doch wenn dort Hunde waren, gab es auch eine gute Chance, dass sich Menschen in der Gegend befanden.

Immer wieder hörten sie knackende Geräusche in den von Spinnweben überzogenen Bäumen und Sträuchern, als ob ihnen jemand folgen würde, doch jedes Mal wenn sie sich umdrehten, verstummten die Geräusche vollkommen und nicht einmal der Anschein einer Person oder eines Tieres war zu erkennen. Sie folgten dem Pfad eine Weile bis Lilly auf einmal stehen blieb.

"Sag mal... kommt dir das hier nicht auch irgendwie bekannt vor?"

Sœlve schaute sich um und wunderte sich. "Wie kommst du denn darauf?"

"Das sieht doch so ähnlich aus, wie zuvor, als wir da in diesem komischen Dorf waren!"

Zwar schaute sich Sœlve um, meinte dann aber, dass Lilly sich täuschen musste. Zwar waren einige Ähnlichkeiten vorhanden, aber das konnte doch nicht sein. Während sie noch überlegten kamen ihnen auf einmal Menschen mit Kleidung, die aussah als wäre sie aus Spinnweben gewebt, entgegen.

Als sie an ihnen vorbeigingen sahen sie durch die beiden hindurch, als wären sie gar nicht vorhanden. Lilly und Sœlve schauten sich nur gegenseitig verwundert an. Die Menschen liefen einfach an ihnen vorbei. Als sie die Menschen ansprechen wollten, die bereits hinter ihnen waren und sie sich nach ihnen umdrehen mussten, konnten sie etwas Merkwürdiges sehen. Irgendetwas bewegte sich flink auf den Kleidern und den Haaren. Lauter kleine Spinnen bewegten sich über die Körper.

Auch wenn Sœlve und Lilly schon einiges gesehen hatten war dies ein Anblick, der sie beide extrem anekelte.

Leise Zischgeräusche erfüllten die Luft und eines der Spinnweben, das zwei Bäume verbunden hatte, öffnete sich und offenbarte eine Art Raum, der sich in den Spinnweben befand. Es war alles da, was man benötigen könnte. Neben Tischen und Stühlen konnten sie auch Spiegel und Bilder aus diesen Spinnweben entdecken, doch bevor sie wirklich alle Details sehen konnten, schloss sich dieser Raum wieder und verschluckte die Menschen in dem Raum.

Mehr wollten die beiden von dieser Welt gar nicht mehr sehen und rannten wieder an den

Ort, an dem sie angekommen waren. Ohne weiteres Zutun öffnete sich wieder der Tunnel unter ihnen und brachte sie fort von diesem albtraumartigen Ort. Niemals wieder wollten sie hier herkommen.

Das Geräusch einer Kettensäge zerriss die Stille und sie mussten sich erst einmal orientieren, wo sie überhaupt waren. Wieder waren sie in Lillys Straße angekommen und ein muskulöser, aber untersetzter Mann hatte eine Kettensäge in der Hand und machte sich dran die verbleibenden Bäume zu fällen.

"Na da seid ihr ja noch einmal rechtzeitig zurückgekommen!", rief er ihnen mit einem starken Akzent zu, den die beiden kaum verstanden.

Bevor sie reagieren konnten, fiel der Baum und der Mann rannte in einer Geschwindigkeit fort, die die beiden ihm gar nicht zugetraut hatten. "Ihr könnt mich auch nicht aufhalten! Der Herr und Meister wird bekommen was er will!" Schon die letzten Worte konnten sie kaum noch verstehen, da er einfach zu schnell weg war. Mit verwirrten Blicken schauten sie sich kurz an, bevor sie versuchten den Kerl einzuholen. Ehe sie ihn einholen konnten, fiel bereits der nächste Baum und er rannte weiter die Straße entlang. Die Kettensäge fauchte ihr metallisches Geschrei als sie sich in den Bäumen versenkte. Er war inzwischen so schnell, dass die beiden trotz seinen kurzen Halten um die Bäume zu fällen, ihn nicht mehr einholen konnten.

Als er wieder kurz an einem Baum anhielt, ließ Lilly einen ihrer Fächer aus Atlantis in ihrer

Hand erscheinen. Mit einem geschickten Wurf traf sie ihn kurz bevor er den letzten der mächtigen Bäume erreichte. Wie ein nasser Sack brach er auf dem Boden zusammen als der Fächer wie ein Bumerang wieder in Lillys Hand landete und sofort wieder verschwand.

"Es ist eh zu spät für euch!", keuchte er auf dem Boden liegend. "Der Wunsch des Meisters wird eintreten! So oder so!" Mit diesen Worten löste er sich in feinen Staub auf und nichts deutete mehr darauf hin, dass er jemals da gewesen war. Nur die gefällten Bäume sprachen eine traurige Sprache. Von der einst wundervollen Allee war dieser eine letzte Baum geblieben, der auch nicht mehr so gesund aussah. Während des Gewitters in der Nacht war dieser schwer geschädigt worden. Würden seine letzten Worte doch noch stimmen?

Beiden wurde schwer ums Herz, was war nur das Geheimnis hinter diesen Bäumen? Würden sie es jemals herausfinden können? Warum mussten diese schönen Bäume gefällt werden? Zeit zum Nachdenken hatten sie nicht, denn ein weiteres Mal wurden sie von dem Wirbel erfasst und während sich alles drehte, wurde es um sie herum pechschwarz.

Langsam zeichneten sich die Konturen der Welt wieder ab. Doch wurde es nicht mehr wirklich hell. Dort wo sie jetzt gelandet waren, war es wohl mitten in der Nacht und sie befanden sich mitten auf einer geteerten Straße, die sich durch eine Naturlandschaft zu schlängeln schien. Beleuchtet wurde die Straße nur von einigen Laternen, die in einiger Entfernung entlang angebracht waren.

Die Geräusche von Tieren kamen von den Seiten und alles wirkte so friedlich. Auch wenn die Straße befestigt war, entschieden sie sich ein wenig über die Wiese zu gehen. Vielleicht konnten die beiden Freundinnen wieder eine Pause einlegen und das Geschehene ein wenig verarbeiten.

So kamen sie an einen kleinen See und suchten sich einen gemütlichen Platz. Ein umgefallener Baum diente den beiden nach einiger Zeit als Sitzgelegenheit.

Auch wenn sie nicht wussten, wo sie jetzt schon wieder gelandet waren, ließen sie ihre Sorgen hinter sich und kuschelten sich ein wenig aneinander. Nach einiger Zeit streckte sich Sœlve und legte sich dann neben ihre Freundin, um ihren Kopf auf Lillys Schoß zu legen. Von unten schaute sie ihr ins Gesicht und stellte fest, dass Lillys Augen wieder zu violetten Katzenaugen geworden waren. Sœlve liebte es in diese Augen zu sehen und wäre am liebsten in ihnen versunken. Diese schaute nach einiger Zeit aber wieder auf und suchte die Ferne ab.

Ganz leise fing Lilly an ein Lied in der Sprache der Vampire zu singen während Sœlve ihre Augen schloss und einfach nur dem Gesang lauschte. Zu ihrem Bedauern verstand sie die Sprache der Vampire nicht, fühlte aber, dass es etwas sehr Schönes sein musste. Die Melodie erinnerte sie ein wenig an das Meer, dass sie vor Atlantis gesehen hatten, Farben entstanden in ihrem Kopf und am liebsten hätte sie mitgesungen. Lilly streichelte wieder durch die rote Mähne und sang ein wenig lauter. Für einen langen Augenblick stand die Zeit für die beiden Mädchen vollkommen still, bis Lilly kurz aufhörte zu singen, ganz leise flüsterte: "Ich würde jetzt an deiner Stelle mal die kleinen Häschenäuglein öffnen" und wieder weiter sang.

Sœlve folgte der Aufforderung und öffnete langsam ihre Augen. Über dem kleinen See schwebten lauter kleine grüne und violette Lichtpunkte, die in einer langsamen Geschwindigkeit in ihre Richtung kamen. Die unzähligen Lichtpunkte schienen von Lillys Gesang angezogen zu werden und näherten sich immer mehr. Ein sanftes Rauschen von winzigen Flügeln erklang in ihren Ohren und hörte sich beinahe wie der Takt der Melodie an.

In diesem Moment begriff Sœlve was diese Lichter waren.

Es waren lauter Glühwürmchen.

Von der Schönheit dieses Anblicks war sie total fasziniert. Die ersten Glühwürmchen waren bei ihnen angekommen und ließen sich wie die beiden Mädchen auf dem Baumstamm nieder. Andere waren mutiger und landeten sogar auf Sœlve und Lilly, die weiter ihr Lied sang. Als Lilly mit dem Gesang aufhörte, befanden sie sich in einem grün und violett leuchtenden Lichtermeer. Das kleine Herz, das um Sœlves Hals hing, schimmerte ganz leicht in dem sanftesten Rot, in dem es jemals geleuchtet hatte, mit den Glühwürmchen, als wäre es selbst eines von ihnen. Dies verwunderte aber keine der beiden, da das Herz schließlich von Lilly kam und der Kristall im Herzen etwas ganz Besonderes war. So genossen sie es einfach nur beieinander zu sein.

Nach einer Weile fiel Lilly ein kleiner Regentropfen auf den Kopf. Leider folgten diesem ersten Tropfen noch ein paar weitere, die auch die ersten Glühwürmchen trafen. Das kleine Lichtermeer erhob sich in die Luft und um die beiden Freundinnen wurde es wieder dunkler. Am See gab es, soweit sie es feststellen konnten keine Möglichkeit sich vor dem Regen zu schützen, also machten sie sich auf in Richtung der Straße. Als sie die Straße erreicht hatten, war aus den einzelnen Tropfen ein feiner Nieselregen entstanden. Waren sie an diesem Tag noch nicht oft genug nass geworden? Auch wenn die Straße sehr schnell nass wurde und sich langsam etwas erhob, kamen die beiden schnell an einer Laterne nach der anderen vorbei. Als Lilly in der Ferne eine Tankstelle erblickte, gingen sie noch ein wenig schneller als zuvor. Beim Erreichen der geschlossenen Tankstelle war ihre Kleidung, durch den inzwischen eingesetzten Regenschauer, vollkommen durchnässt. Vor dem Gebäude befand sich eine kleine Bank auf die sie sich setzten. Sie lauschten dem Regen und leise "Ploppgeräusche" mischten sich erst einzeln und dann vermehrt unter das typische Prasseln des Regens.

Sie schauten genauer hin und trauten ihren Augen nicht so ganz. Sœlve rieb sich noch einmal ihre Augen, aber das was dort mit dem Regen auf die Erde fiel, waren richtig große Seifenblasen. Eine Seifenblase zerplatzte mit einem sanften "plopp" auf dem Boden. Lilly fing an selbst Ploppgeräusche zu machen und Sœlve stimmte mit ein.

"Plopp, plooooopp Plooooooop, Ploooohooooop plooop"

Gemeinsam brachen sie in schallendes Gelächter aus und klatschten sich gegenseitig in die Hände.

"Schade nur, dass wir jetzt keinen Fotoapparat dabei haben", meinte Sœlve mit einem leicht traurigen Unterton in der Stimme. Sie hätte sehr gerne von diesem Moment ein Foto von sich und Lilly mit den Seifenblasen im Hintergrund gemacht.

"Ach... so schlimm ist es doch gar nicht. Wir können uns ja immer hieran erinnern!", antwortete diese darauf.

Durch ein Klirren wie von zerbrechenden Glas wurden die beide ein wenig erschreckt. Irgendwo außerhalb des Unterstandes musste wohl irgendein Glas zersprungen sein. Wieder stimmten sie in ihr gemeinsames Lachen ein, aber es blieb nicht bei einem einzigen Klirren. Immer wieder hörte es sich so an, als ob kleine und große Glasgefäße zerspringen würden bis das Ploppen der Seifenblasen vollkommen von dem Klirren des zerspringenden Glases ersetzt wurde. Lachen konnten sie nun nicht mehr und es dauerte einige Augenblicke bis die beiden verstanden was gerade passierte.

Die Seifenblasen waren nun nicht mehr wie vorher aus irgendeiner dünnen, platzenden Flüssigkeit, sondern aus reinem Glas. Außerhalb des Unterstandes war der ganze Boden von unzähligen Glassplittern übersät.

Dieser Anblick ließ in den beiden Freundinnen etwas Angst aufkeimen und dann erklang etwas, was sie befürchtet und auch bereits erwartet hatten. Ein dunkles, diabolisches Lachen übertönte das zerspringende Glas. Sœlve ergriff Lillys Hand und ließ ihr grünes Leuchten erscheinen und hüllte sie beide vollkommen ein. Noch war er nicht zu sehen, aber dieses Lachen kannten die beiden, zu ihrem Leide, nur zu gut.

Vor dem Unterstand der Tankstelle erschien ein Mann, der in der Luft zu stehen schien. Nein... er stand auf einer dieser Glaskugeln, doch zerplatzte diese nicht. Erhabenen Hauptes lief er über die Blasen, denen sein Gewicht nichts auszumachen schien. Sein Lachen wurde immer lauter bis er anfing zu brüllen: "Von hier werdet ihr mir nicht mehr entkommen! Lilly du wirst gefälligst mit mir kommen und DU!", er spuckte dieses du in seiner vollsten Verachtung aus, "DU wirst jetzt sterben!"

Der Boden rund um das Gebäude fing an zu vibrieren. Mit einem markerschütternden Grollen riss der Boden auf und tiefe Furchen durchzogen den eben noch ebenen Grund. Die Glassplitter der zerplatzten Blasen füllten die nun entstandenen Gräben auf und wuchsen zu immer höher werdenden Glasstacheln aus der Erde bis sie den kleinen Unterstand vollkommen umschlossen hatten. Doch wuchs das Glas nicht nur in die Höhe, sondern auch in alle anderen Richtungen. Unzählige dünne und dicke messerscharfe Glasstachel bewegten sich unaufhaltsam in ihre Richtung zu und bevor sich die beiden versehen konnten, hielt Anthos ein gläsernes Schwert in seiner Hand und stürmte mit einer unglaublichen Geschwindigkeit auf sie zu. Dieses Mal würde er alles daran setzen dieses rothaarige Monster endgültig zu vernichten und sie für immer von diesem Planeten zu fetzen. Er war vom puren Hass erfüllt und wollte sie nur noch umbringen. Sœlves Herz erstrahlte in einem gleißenden Rot, als sich Lilly vor sie warf und ihre Arme um sie schlang um sie zu beschützen. "Neeeeeiiiiiiin!", erscholl es aus beiden Mündern gleichzeitig. Anthos holte zum Schlag aus und nur wenige Momente bevor er sie treffen konnte, erstrahlte das Herz in vollster Helligkeit und unter ihnen öffnete sich der Tunnel im Boden. Doch dieses Mal fielen sie. Sie fielen in eine vollkommene Schwärze und sie hörten noch leise das schallende Gelächter von Anthos über sich. Ihr Fall wurde immer schneller, nichts konnte den Fall bremsen und sie schrien aus vollster Kehle.

Beide schreckten im selben Moment auf. Ihre Herzen rasten und sie waren vollkommen außer Atem. Sie waren wieder auf dem Sofa von Lilly. Die Decke, unter der die beiden sich zuvor eingekuschelt hatten, lag auf dem Boden und der Fernseher lief vor ihnen. Sie konnten sich nicht daran erinnern ihn eingeschaltet zu haben, aber vielleicht waren sie ja auch nur im Schlaf an die Fernbedienung gekommen. Lilly ergriff Sœlves Hand und kuschelte sich ganz fest an sie an. Als die beiden sich ein wenig beruhigt hatten, ließ Sœlve ihre Hand durch Lillys kurze, violette Haare streifen. Es war wieder alles gut.

Doch in dem Moment erklang wieder Anthos Lachen in ihren Ohren.

Shira Yuri

Es war bereits früh geworden und die Sonne würde bald aufgehen. Immer wieder war es für ihn ein Wunder den Sonnenaufgang beobachten zu können. Er saß in einem riesigen Sessel an der Glaswand zum Meer. Jeden Morgen ging die Sonne am Horizont des Meeres auf und durchflutete diese Räume mit dem Licht des neuen Tages.

Er konnte sich noch ganz genau an den ersten Sonnenaufgang nach hunderten von Jahren erinnern... die Angst hatte ihn erfüllt und er war zu schwach um sich in der Dunkelheit zu verstecken. Und dann passierte das Unglaubliche...

Schon lange bevor die Menschheit zu einer Zivilisation wie heute heranwuchs, wurde er gebissen und so zu einem Wesen der Nacht. Damals war es aber noch ein anderes Leben als heute. Die Vampire verbreiteten sich mit den Menschen gemeinsam und wurden von diesen geachtet, ja sogar verehrt. So kam es dazu, dass ihn sein Weg nach Atlantis führte, das zu dem Zeitpunkt aber noch Cul Al Dun Art Dirh genannt wurde. Die Menschen hatten ein neues Gestein entdeckt und das Himmelsauge in ihre Hände bekommen. Atlantis wurde zu einer Stadt der Harmonie und Freude. Neben Anthos gab es noch eine Handvoll anderer Vampire, die sich um die Sicherheit der Stadt kümmerten.

Als Dank der Menschen für diesen Schutz wurde regelmäßig die Bluthochzeit gefeiert, bei der die Einwohner ihr Blut und ältere, bereits dem Tode geweihte Menschen auch ihr Leben gaben, um den Vampiren die Stärke zu geben die Stadt zu bewachen.

Es war eine gute Zeit, dachte er sich. An einem Abend aber wurde Atlantis von Triton mit seinen Heerscharen angegriffen und schließlich vernichtet. Dies war auch das erste Mal, dass er seine zukünftige Tochter und ihre verdammte Freundin sah. Und er hatte sie zu allem Überdruss auch noch mit heiligen Waffen ausgestattet um die untergehende Stadt zu beschützen.

Doch all dies half nichts und Atlantis fiel. Triton selbst erschien in seiner Riesengestalt und vernichtete selbst den letzten Schutz, der das Himmelsauge umgab. Um den Quell des Lebens von Atlantis nicht in die Hände von Triton fallen zu lassen, warf er sich selbst als Schutz über den Kristall. Aber der Kristall hatte seine eigenen Pläne und setzte seine Energie frei. Sowohl er als auch die beiden Mädchen wurden von der austretenden Energie erfasst und erlitten unglaubliche Schmerzen. Bevor er diese schon nicht mehr ertragen konnte, empfing er jedoch die Gnade der Ohnmacht.

Die Zeit verging und es war kurz vor dem Sonnenaufgang, als er aufwachte. Alles lag in Trümmern und er war alleine. Nicht eine einzige Stimme, nicht ein einziges Geräusch drang an sein Ohr. Seine Kraft hatte er im Kampf komplett eingesetzt und er konnte sich nicht rühren. Dort, wo er lag, war er den Strahlen der bald aufgehenden Sonne ausgesetzt, die ihn zu Asche verwandeln würde. Ihm blieb nichts anderes übrig als zu warten während die Sekunden wie Ewigkeiten vergingen. Langsam färbte sich die blutgetränkte Nacht zu dem Orange des neuen Morgens während die Angst in ihm aufkeimte. In seinem Kopf rasten die Gedanken und Erinnerungen in unvorstellbarer Geschwindigkeit vor seinen Augen ab, doch während die Gedanken flossen, trafen ihn die ersten Strahlen der aufgehenden Sonne. Aus tiefster Kehle schrie er um sein Leben, vor den nun kommenden Schmerzen... er, der mächtige Anthos, Beschützer von Atlantis und Würdenträger der Zeit, würde nun vergehen.

Aber nichts geschah...

Die Schönheit der Sonne ergriff ihn und wärmte ihn. Er verstand nicht warum er nicht verging, aber seine Kräfte waren noch so schwach, dass er wieder in eine gnädige Ohnmacht verfiel. Während der Ohnmacht wurde er von Träumen und Visionen verfolgt, sah Bruchstücke aus der Zukunft und immer wieder seinen eigenen Tod. Drei Tage und drei Nächte verbrachte er in diesem Zustand, bei dem sich sein Körper langsam erholte und auch veränderte. Nicht nur konnte er seitdem auch bei Tageslicht wandeln ohne zu sterben, er konnte auch mit der Zeit ein wenig Magie beherrschen und wurde beinahe unsterblich. Der Blutdurst war geblieben und musste weiterhin regelmäßig gestillt werden, doch war es früher nur das Bedürfnis des Körpers, so wurde es für ihn zum puren Vergnügen die Lust zu stillen.

Aus dem Beschützer der Stadt wurde ein mächtiges Wesen, das die Zeit durchschritt. Während die Jahrhunderte an ihm vorbeizogen sah er die Geschichte der Menschheit sich immer und immer wieder wiederholen. Dieselben Fehler führten zu denselben Kriegen, derselbe Machthunger von unbedeutenden Menschen durchbrach immer wieder die Gesellschaft und Schwache folgten den vermeintlich Starken in Namen eines Gottes oder für andere sinnlose Opfer. Diese Beobachtungen veränderten sein Denken grundlegend. Warum sollte er für diese dummen Kreaturen, die eh nur eine kurze Zeit auf diesem Planeten verbrachten, Mitgefühl oder gar Mitleid empfinden? So schnell wie sie sich gegenseitig umbrachten konnte er gar nicht nachkommen. Je mehr Zeit verging, desto weniger interessierten ihn die Menschen und er fing an selbst am Tage seine Opfer zu jagen. Niemand war mächtig genug ihm und seinem Gefolge, welches er nach und nach zu Vampiren machte, entgegen zu treten. Er gab auch ihnen die Fähigkeit am Tage zu wandeln und die Herrschaft des Terrors zu verbreiten.

Und mit seinem Mitgefühl für die Menschen verschwand auch langsam das Wissen der Menschheit um Atlantis oder die Unbeschreiblichkeit des Himmelsauges.

Eines Tages führte ihn das Schicksal in eine seltsame Stadt, die zum Teil über dem Wasser gebaut war. Die Menschen waren mal wieder so unendlich dumm und versuchten eine angebliche Hexe zu verbrennen. Von Zeit zu Zeit nahm er sich das Vergnügen mit anzusehen wie dumm und hilflos die Menschen doch waren und angebliche "böse" Menschen vernichten wollten. Der Vorwurf vom Bösen besessen zu sein war jedes Mal ein Vorwand um unliebsame Frauen loszuwerden. Doch dieses Mal war alles anders. Eine junge zierliche Frau von höchstens 17 Jahren mit ungewöhnlich langen Haaren, die eine Farbe angenommen hatten, welche frischen Pflaumen entsprach, wurde an einem riesigen Kreuz auf einem Scheiterhaufen festgebunden. Ein fetter Mann in der Robe eines Priesters schrie sie an, sie sei Hexe und solle gestehen Satanas zu dienen. Sie antwortete ihm nicht und so wurde er immer lauter und brüllte immer mehr bis seine Stimme zu einem monotonen Kreischen anschwoll.

Anthos amüsierte sich köstlich über diesen Mann Gottes bis er sich die junge Frau näher anschaute. Tatsächlich war etwas an ihr ungewöhnlich, doch wusste er noch nicht was es war. Nun aber war sein Interesse entfacht. Die Fackel in der Hand des Priesters wurde entfacht und bewegte sich, während dieser irgendeinen Gott anflehte die Seele des armen Mädchens zu befreien, immer näher dem Scheiterhaufen. Durch das trockene Holz fraß das Feuer sich schnell den Weg zum Kreuz empor. Mit wenigen Schritten hatte sich Anthos dem Scheiterhaufen genähert und verharrte gespannt dessen was geschehen sollte. Feuerzungen schlängelten bereits am Kreuz hoch, aber das Mädchen gab nicht einmal einen Ton von sich, als das Feuer anfing sie zu verschlingen. Nur ihre Augen waren nicht mehr die eines gewöhnlichen Menschen. Waren sie vorher noch hellblau, waren auch sie nun violett wie ihre Haare und hatten die Form von Katzenaugen. Anthos konnte nicht mehr zögern: Er sprang in die Flammen, riss sie vom Scheiterhaufen herunter und floh mit ihr in seinen starken Armen aus der Stadt.

Viele Verbrennungen über dem ganzen Körper waren dermaßen schlimm, dass ihr Leben nur noch an einem seidenen Faden hing und eine Rettung aussichtslos erschien. Dabei war sie dem Feuer nur wenige Augenblicke ausgesetzt gewesen, so dass es diese Verletzungen in diesem Ausmaß nicht hätte geben dürfen. Ohne viel Zeit zu verlieren legte er sie auf einer Lichtung ins feuchte Gras, ergriff ihr linkes Handgelenk und gab ihr den Vampirkuss. Ihr eh schon schwaches Herz hörte auf zu schlagen. Nun konnte er nicht mehr viel tun als zu warten und die Gnade des Vampirblutes Wirkung zeigen zu lassen. Stunden vergingen schleppend während die Sonne bereits am Horizont unterging. Kurz bevor Anthos schon die Hoffnung verloren hatte, kämpfte sie sich mit einem tiefen Atemzug zurück ins neue Leben. Zwar war sie am Leben, aber nicht eine einzige Erinnerung war ihr aus ihrem früheren Leben geblieben. Rund um sie herum blühten wunderschöne Lilien und kurzerhand gab Anthos ihr den Namen Lilly, die er fortan als seine Tochter ausgab.

So vergangen weitere Jahrhunderte in denen sich immer wieder die Menschen gegenseitig umbrachten. Sollte er auch nur noch einen Funken an Mitgefühl für die Menschen gehabt haben, war auch dieser spätestens mit der Verbrennung von Lilly vorbei.

Der Hass auf die Menschheit wuchs in ihm in unermessliche Größe. Sie sollten ihm gehorchen, ihn verehren und ihn fürchten. Die einst kleine Gruppe der Vampire wuchs immer mehr und verbreitete sich über die Welt. Um die Vorherrschaft über die anderen zu erlangen, fingen sie an die übrigen Vampirstämme zu bekriegen. Während die anderen Vampire bei Tageslicht aber verbrannten, konnten die seinigen diese auch am Tage bekämpfen und vernichten.

Er erinnerte sich wieder an die Tradition der Menschen aus Cul Al Dun Art Dirh: die Bluthochzeit. War es damals noch eine freiwillige Gabe, so bauten sie sich Tempel, in denen regelmäßig Menschen geopfert werden sollten.

Nun stand in wenigen Wochen eine solche Hochzeit kurz bevor und wie es der Zufall wollte, war seine geliebte Tochter erst heute mit einem riesigen Wunsch bei ihm gewesen. Sie wollte endlich einmal unter Menschen leben dürfen, um sie zu studieren, wie sie sagte. Zu seinem eigenen Bedauern war er zwar eiskalt gegenüber allen Menschen geworden, doch ihr konnte er niemals einen Wunsch abschlagen. Da die Bluthochzeit auf lange Zeit geplant gewesen war und er wusste, dass eine Schulklasse dabei sein würde, würde er sie wohl dort mit einer Wächterin unterbringen.

Die Sonne erhob sich aus dem Meer und die ersten Sonnenstrahlen erreichten seinen Körper mit ihrer wärmenden Kraft. Langsam schlief er auf seinem Sessel ein und dachte noch mit seinen letzten Gedanken, dass dies ein guter Plan war.

Ascendens super fluctus

Schon früh morgens war die Hitze geradezu unerträglich gewesen und auch die Nacht war mit ihrer drückenden Schwüle keine Erholung gewesen. Nachdem Sœlve in der Nacht immer wieder wach geworden war und mit den ersten Sonnenstrahlen nicht mehr schlafen konnte, war sie schon früh auf den Beinen. Nach einigem Hin und Her und einem Telefonat mit ihrer besseren Hälfte Lilly beschlossen sie dann ins Freibad zu gehen. Aus ihrem Schrank kramte sie einen grün gestreiften Bikini hervor und zog sich diesen an. Um nicht nur mit einem Bikini bekleidet Fahrrad fahren zu müssen, streifte sie sich noch schnell einen smaragdgrünen Rock, der fast dieselbe Farbe wie ihre Augen hatte und ihrer Meinung nach einfach toll zu ihren roten Haaren passte, und ein weites weißes Shirt über.

Sie ging kurz ins Bad, holte sich schnell ein großes Badetuch und ihre Sonnenbrille von der Kommode und schon schwang sie sich auf ihr neues Fahrrad.

Während sie durch die Straßen fuhr, genoss sie es, wie der Wind über ihre Haut glitt und ihr etwas Kühle schenkte. Zwischendurch schloss sie kurz die Augen und ließ die leichte Brise auf ihrer Haut Erinnerungen an ihre kleinen Ausflüge in der Nacht in ihr wieder aufleben.

Es war jedes Mal ein beinahe berauschendes Gefühl für sie, wenn sie sich einfach vom Boden abstoßen konnte und durch die Luft glitt. Als sie jünger war und ihre Kräfte langsam in ihr wuchsen, gab es immer wieder Momente in denen sie einfach nur wenige Zentimeter über dem Boden dahin glitt und es niemand merkte. Leider war ihr das Vergnügen in der letzten Zeit vergönnt. Die starke Hitze der letzten Wochen hatte dafür gesorgt, dass auch spät abends noch viele Menschen draußen unterwegs waren. Da auch der Himmel vollkommen klar war und nicht eine einzige Wolke am Himmel war, hätte sie sofort von einem der ganzen Spaziergänger und Nachtschwärmer entdeckt werden können. Dass dies nur vollkommen unnötiger Stress gewesen wäre, war ihr klar und diesen Stress wollte sie sich einfach nicht antun. Also hielt sie sich zurück und blieb in den Nächten am Boden. Vielleicht ergab sich ja in einer der kommenden Nächte mal die passende Gelegenheit.

Doch während sie noch in ihren Gedanken verweilte, erreichte sie auch schon ihr Ziel und stand vor einem großen Schwimmbad. Da es noch früh war und das Bad gerade erst geöffnet hatte, hatte sie es tatsächlich geschafft die Erste zu sein. Und dann hörte sie auch schon das

Rufen von Lilly, die um die Ecke gebogen kam, von ihrem Fahrrad runter sprang und sich wenige Sekunden später Sœlve an den Hals warf. Jedes Mal wenn die beiden sich sahen, landeten sie durch Lillys stürmische Begrüßung gemeinsam auf dem Boden. "Du wirst das schon abkönnen mein kleines Häschen!", betonte sie jedes Mal wieder. Nachdem sie sich vom Boden aufgerappelt hatten, wollten die beiden so schnell es ging in das kühle Nass eintauchen. So zahlten sie ihren Eintritt, rannten förmlich zu den Umkleidekabinen, zogen sich die übergestreiften Kleider aus und verstauten diese in den Spinden. Als diese verschlossen waren, schauten sich die beiden fast gleich großen Mädchen gegenseitig in die Augen.

"Auf drei?", fragte Lilly mit einem kecken Grinsen im Gesicht.

"Auf drei!", antwortete Sœlve nur kurz und schrie dann sofort "Drei!". Beide stürmten los und versuchten schneller als die andere am Wasser zu sein. Lillys violetter, mit kleinen roten Steinchen besetzter, Bikini funkelte in der Sonne wie kleine Sterne am Himmelszelt.

Sie kamen gleichzeitig am Wasser an und sprangen beherzt ins Wasser, das ihnen so gut tat. Unter Wasser fingen sie sofort an schnelle Züge zu ziehen und tauchten nach einigen Sekunden gemeinsam auf. Das Wasser tat ihren erhitzten Körpern noch besser als sie gehofft hatten. So lachten sie einfach drauf los und genossen es miteinander Zeit zu verbringen und einfach nur zu schwimmen.

Mit der Zeit füllte sich das Freibad und immer mehr Menschen gesellten sich ins Wasser. Aber es interessierte die beiden nicht wirklich, was um sie herum geschah.

Auf einmal erfasst sie eine Welle und schwappte über ihre Köpfe, so als ob jemand direkt neben ihnen mit einer Arschbombe ins Becken gesprungen wäre. Sœlve war gerade dabei zu lachen und bekam etwas Wasser in den Mund. Statt dem erwarteten Chlorgeschmack schmeckte das Wasser unerwartet salzig.

Sie riss ihre Augen auf und bekam einen kleinen Schock. Statt des sie eben noch umgebenden Beckens war nun nichts mehr da, was vor wenigen Sekunden noch zu sehen war. Das Becken und die Wiese, sowie die ganzen Bäume waren verschwunden. Egal wohin sie schaute, überall um sie herum waren nur Wellen. Kein Land weit und breit und auch Lilly, die eben noch bei ihr gewesen war, war verschwunden. Doch da tauchte auch schon Lillys violetter Haarschopf aus den Wellen auf und schnappte nach Luft.

Mit wenigen starken Schwimmzügen war Lilly auch schon bei ihr.

"Was ist denn jetzt passiert, dass wir hier gelandet sind?", ihre Stimme klang schon fast ein wenig empört.

"Na komm... ich kann ja nicht jedes Mal schuld daran sein, oder?"

"Nee, aber meistens!", meinte Lilly und streckte ihr die Zunge für den Hauch eines Augenblicks entgegen. „Macht aber auch Spaß es zu behaupten!"

Sœlve streckte ihr als Antwort nur die Zunge entgegen.

Bevor sie jedoch irgendetwas machen konnten, tauchte unter ihnen ein großer schwarzer Schatten mit weißen Flecken auf.

"Ein Haaaaiiiii??!", brüllte Sœlve laut auf, während Lilly anfing zu lachen. "Aber Haie sind doch nicht schwa-", noch bevor Lilly den Satz beenden konnte, erhob sich der Schatten aus dem Wasser und sprang in die Luft. Es handelte sich dabei tatsächlich um einen Wasserpanda, der in der Biologie eher als Orca oder Schwertwal bezeichnet wurde. Der mindestens acht Meter große Wal sprang über sie hinweg und landete nur ein kleines Stück neben ihnen. Den beiden stockte der Atem, so unbeschreiblich war der Moment. Und dann stellten sie fest, dass sie in eine ganze Orcafamilie geraten waren. Überall um sie herum tauchten schwarz-weiße Rückenflossen auf und kurze Zeit später wieder unter.

"Sind sie nicht wunderschön?", rief Lilly ihrer Freundin zu, die so begeistert war, dass sie nicht einmal richtig antworten konnte. Sie stammelte nur ein "Ohh jaaaa...!" vor sich hin und war wie verliebt. Auch die Wasserpandas schienen von den beiden angetan zu sein, da sie lauter fröhliche Quietschlaute von sich gaben, wenn sie neben ihnen auftauchten. Immer wieder sprangen sie in die Höhe und zeigten ihre volle Schönheit.

Das schöne Spiel dauerte einige Zeit bis die Wasserpandas abtauchten und die beiden wieder alleine im Wasser waren. Doch schon wenige Augenblicke später merkten sie, dass sie gar nicht so alleine waren, wie sie gerade noch dachten. Überall um sie herum schwammen in allen erdenklichen Farben schimmernde Fische und andere Bewohner des Meeres. Sowohl Sœlve als auch Lilly wurde in dem Moment bewusst, dass sie gar nicht so viel über das Leben im Wasser wussten und sie viele Tiere nicht kannten. In der Ferne sahen sie Delphine über das Wasser springen und als Lilly von etwas unter Wasser gestreift wurde, sahen sie eine riesige Wasserschildkröte unter sich hinwegschwimmen. Beide tauchten unter um die Schildkröte näher in Augenschein zu nehmen, die beinahe die Größe eines Pferdes hatte, und Sœlve schwamm näher heran, um mit den Fingern über die breiten Furchen des

Panzers zu streichen. Das friedliche Geschöpf kümmerte sich in keinster Weise um die beiden und zog einfach gemächlich von dannen. Im nächsten Moment spürten beide einen sich verstärkenden Wirbel im Rücken und alarmiert wandten sie sich nach der Ursache um. Bevor sie sich jedoch richtig umdrehen konnten, wurden sie bereits von der Quelle eingeholt: Augenscheinlich hatten sie sich im Weg eines riesigen Fischschwarms befunden, der kurzerhand durch sie beide hindurchstob. Auf den kurzen Moment des Schreckens folgte die pure Faszination über die kleinen schwarzen Fische, deren durchscheinenden Flossen das umliegende Licht auffingen und wie kleine Edelsteine aufleuchten ließ. Dies hätte fast wie ein Paradies sein können, wenn sie sich doch nur etwas hätten ausruhen können. Als ob irgendjemand ihre Gedanken gelesen hätte, tauchten zwei Delphine auf und ließen sie auf ihre Rücken gleiten. Kaum hatten sie sich an den Rückenflossen festgehalten, begann einer der außergewöhnlichsten Ritte ihres Lebens. In atemberaubender Geschwindigkeit schwammen die Delphine durch die Wellen während sie sich einer Gruppe anderer Delphine anschlossen.

Die Neuankömmlinge wurden mit fröhlichen Quietschgeräuschen begrüßt bevor es in dem rasanten Tempo weiterging. Die Tiere pflügten förmlich durch das Wasser und ließen es sich dabei nicht nehmen miteinander zu spielen oder sich zu necken. Der Frechste von allen machte immer wieder Saltos durch die Luft und stupste im Höhenflug tief fliegende Möwen an, die vor Überraschung einen Schlenker machten, ehe sie sich wieder fingen und laut schimpfend davonflogen.

Plötzlich hörten sie in einiger Entfernung den Schrei eines Tieres. Während Sœlve und Lilly sich noch verwirrt anschauten was dieses Geräusch war, hatten die Delphine schon die Richtung in die sie schwammen geändert und folgten den Schreien. In der Ferne tauchte ein grauer Fleck am Horizont auf, der aber noch zu weit weg war, um irgendwelche Details zu erkennen oder zu erahnen was es war. Die Delphine wurden immer schneller, so dass die beiden Mädchen sich noch stärker festhalten mussten als zuvor. Sœlve befürchtete bereits, dass sie dem Delphin wehtun könnte, wenn sie sich noch stärker festhalten müsste.

Der graue Fleck kam auf sie zu und sie konnten sehen, dass es sich um ein altes Industrieschiff handelte. Es hatte bereits überall rostige Stellen und sah alles andere als neu aus. In genau dem Moment gab es auf dem Schiff eine Explosion und schwarzer Rauch stieg in den Himmel hinauf und wieder erklangen die traurigen Schreie. Inzwischen hatten sie sich dem Schiff so weit genähert, dass sie sehen konnten, dass zwei der Wasserpandas auf dem Schiff waren. Viele Wasserpandas, die eben noch gemeinsam mit ihnen geschwommen waren, umkreisten das Boot und versuchten durch Schreie den beiden auf dem Schiff Mut zu machen.

Dieser Anblick zerriss den Mädchen das Herz und es tat ihnen so sehr weh es mit ansehen zu müssen. Immer weiter näherten sie sich dem Schiff und die Wasserpandas ließen ihnen freie Bahn. Die Leute auf dem Boot schienen gar nicht bemerkt zu haben, dass sie nun auch einen etwas anderen Besuch hatten. Vorsichtig umkreisten sie das Schiff und entdeckten am Bug eine Strickleiter, die vom Wasser bis zum Deck führte. Lautlos kletterten sie hinauf und fanden sich in einem wahren Chaos wieder. Überall lagen verstreute Netze, komische Metalteile und sonstiges Gerümpel; außerdem roch es stark nach altem Fisch. Je weiter sie sich dem Heck näherten, desto stärker wurde der Geruch und die Stimmen der Männer wurden lauter. Verstehen konnten sie deren Sprache aber nicht. Und dann sahen sie die, für das eigentlich gar nicht so große Schiff, riesige Fanganlange, mit der Netze ins Wasser geschossen und dann wieder eingeholt werden konnten. An der Seite dieser Maschine entdeckten sie auch die beiden Wasserpandas, die mit einer Art Gartenschlauch abgespritzt wurden.

Nur wenige Worte zwischen Lilly und Sœlve reichten aus um einen Plan zu schmieden, der das Treiben beenden sollte. Lilly sollte die Besatzung ablenken während sich Sœlve in das Innere des Schiffes begeben wollte, um dort die Motoren außer Gefecht zu setzen. Als Lilly sich gerade in die Richtung der Männer schleichen wollte, öffnete sich eine Tür hinter ihnen und der Mann, der das Deck betrat, fing sofort an zu schreien. Blitzschnell war Lilly, dank ihrer Vampirkräfte, bei dem Mann und hielt ihm den Mund zu, doch es war schon zu spät. Die Besatzung war alarmiert und stürmte in ihre Richtung. Auf einmal standen ihnen ein Dutzend mit Stahlrohren oder schweren Handwerkszeug bewaffnete Männer gegenüber, die alle deutlich größer als sie waren. Einschüchtern ließen sie sich natürlich nicht, wichen aber trotzdem ein kleines Stückchen zurück.

Die Mädchen ließen ihre Waffen aus Atlantis wie aus dem Nichts erscheinen, woraufhin nun die Männer zurück wichen. Alles war so furchtbar eng auf dem Schiff, dass das Katana von Sœlve und einer von Lillys Fächern sich berührten und die Kristalle auf den Waffen in einem strahlenden Rot aufleuchteten. Von der Angst ergriffen, wichen die Männer nun Schritt für Schritt vor den Mädchen zurück; was in ihren Köpfen vorging, konnten sie sich höchstens vorstellen. Das rote Leuchten sprang nun auch auf Sœlves Herzkette um und umgab sie. In einer gewaltigen Explosion ergriff das Licht alles um sie herum und schleuderte die Männer und alles was nicht niet- und nagelfest war vom Schiff herunter. Fast wären auch die Wasserpandas und die Delphine, die sich aber noch rechtzeitig in die Tiefe des Wassers retten konnten, getroffen worden.

Mit einem beherzten Schlag rammte Sœlve ihr Katana in den Boden und das ganze Schiff selbst leuchtete nun in dem strahlenden Rot auf, bevor es dann wie von Geisterhand sank.

Um nicht mit dem sinkenden Schiff unterzugehen sprangen sie zu den anderen ins Wasser und betrachteten von dort den Untergang. Ein riesiger Wal tauchte in der Nähe auf und ließ die Männer auf seinen Rücken während Lilly und Sœlve wieder auf den Rücken der Delphine klettern konnten.

Während sie das Schauspiel betrachteten, fing der Himmel an sich langsam in das Orange der untergehenden Sonne zu tauchen. Wäre nicht noch der letzte Rest des Schiffes zu sehen, würde es einfach nur romantisch sein.

Irgendwann war das Schiff dann vollständig versunken und die Delphine setzten sich wieder in Bewegung. Dieses Mal jedoch viel ruhiger und gemächlicher als der erste Ritt. Sie genossen es sehr bis auf einmal eine gigantische Welle auf sie zu raste und sie von den Delphinen herunter riss.

Beide hatten die Welle vorher nicht gesehen und waren dermaßen überrascht, dass sie nicht einmal in der Lage waren Luft zu holen. Verzweifelt versuchten sie wieder an die Oberfläche des Wassers zu gelangen.

Als sie an der Oberfläche des nun wieder ruhigen Wassers auftauchten, waren sie aber nicht mehr im Meer, sondern waren auf irgendeine Art und Weise wieder im Schwimmbecken von vorhin. Um sie herum waren auch wieder lauter Leute, denen aber wohl nichts Außergewöhnliches aufgefallen war. Daher schwammen Sœlve und Lilly schnell zum Beckenrand und stiegen aus dem Wasser aus.

Sie gingen zu ihren Spinden, holten ihre Badetücher und legten sich noch ein wenig auf der Liegewiese hin und wollten sich noch ein wenig von den Strahlen der Sonne aufwärmen lassen. Das Wasser im Meer war doch etwas kälter gewesen als das im Schwimmbecken.

Während sie nun dort lagen, fing Lilly vorsichtig an eine Frage zu stellen: "Sag mal...", setzte sie an "...warum passiert uns eigentlich immer so etwas Komisches? Wäre es besser, wenn wir uns nicht mehr so oft sehen würden?" Sœlve näherte sich ihrer Lilly bis auf wenige Zentimeter und hauchte ihr "Entweder das, oder noch viel, viel öfter!", ins Ohr und küsste sie sanft auf die Wange.

Mysterium vitreasque

Es war mitten in der Nacht als Sœlve aus einem schlimmen Albtraum aufwachte. Es war ein Traum, den sie immer wieder hatte.

Sie wanderte nachts alleine durch die Straßen und hatte niemanden mehr, der an ihrer Seite war. Sie wusste nicht was passiert war, aber sie hatte ihre Lilly für immer verloren. Anfangs liefen ihr noch Menschen entgegen doch irgendwann war sie alleine auf der Straße. Sie wusste nicht mehr wo sie war oder wie sie dort hingekommen war. Und auf einmal war nichts mehr um sie herum. Sie war einfach nur noch da und ganz alleine. Nichts und niemand war um sie herum.

Seitdem Lilly weggezogen war, war der Kontakt zwischen beiden sehr wenig geworden. Als sie sich noch täglich sahen, ging es ihr gut und egal wie schlimm der Tag war, sie hatte Lilly immer in ihrer Nähe.
Auch wenn es schon sehr lange feststand, dass Lilly wegziehen würde und auch Sœlve kurzerhand beschloss mitzugehen, ging dann auf einmal alles so unglaublich schnell und innerhalb weniger Tage war Lilly verschwunden.

In der Anfangszeit hatten die beiden sehr wenig Kontakt und beide litten sehr darunter.

Irgendwann wuchs in Sœlve das Gefühl ihre Lilly für immer verloren zu haben. Zwar hatten sie sich vorher fest versprochen regelmäßig miteinander zu schreiben und zu telefonieren, aber dauerte es doch lange, bis sie dann das erste Mal wieder miteinander redeten.

Einige Zeit später fuhr Sœlve zu einem Besuch zu Lilly und beide hatten, von dieser Situation mit der Spinnenwelt einmal abgesehen, eine sehr schöne Zeit miteinander. Noch lange dachte sie an das Lied ihrer Freundin, mit dem sie die ganzen Glühwürmchen angelockt hatte. Die Melodie war noch in ihrem Kopf und immer wieder summte sie diese vor sich hin. Hätte sie doch nur den Text verstanden.

Aber auch danach verging wieder einige Zeit ohne Kontakt zwischen den beiden. Sie vermisste ihre Lilly so sehr und hoffte einfach nur aus tiefstem Herzen, dass es ihr gut ginge. Auch heute war so ein Tag gewesen...

Wie schon in vielen Nächten zuvor war sie sehr traurig. Eine einsame Träne lief ihr aus dem Auge und fiel auf das silberne Herz mit der roten und weißen Kristallkugel, das sie einst von Lilly geschenkt bekommen hatte. Die Träne wurde von dem Kristall förmlich aufgesaugt, der sich sofort erwärmte. Während der Kristall anfangs nur ein wenig rötlich glomm, wurde das Glimmen aber schnell zu einem hellen, warmen Leuchten.

Die schönen Momente der Zeit, als sie sich kannten, flogen vor ihren Augen vorbei und sie konnte die Berührungen von Lilly spüren. Noch mehr Tränen flossen aus ihren Augen und sie wurde immer trauriger. Es war schön, all diese Momente zu sehen und zu spüren wie glücklich sie gemeinsam waren. Viele der Tränen wurden von dem Kristall aufgesaugt, der immer stärker leuchtete und wärmer wurde.

Als sie kurz davor stand vollkommen zu verzweifeln, hatte sie das Gefühl einen bekannten Geruch wahrzunehmen. Ganz sanft legten sich zwei zarte Arme um sie herum und zogen sie an etwas heran. Sofort riss sie ihre Augen auf und konnte nicht ganz fassen, wer neben ihr saß.

"Du musst doch nicht traurig sein, mein kleines Häschen", flüsterte ihr eine liebe und vor allem bekannte Stimme entgegen. Noch mehr Tränen liefen Sœlve aus den Augen, diesmal allerdings aus Freude ihre Lilly bei sich zu haben. Ganz sanft zog Lilly sie an sich heran, gab ihr einen kleinen Kuss auf die Stirn und fing an ihre rote Mähne zu streicheln.

"Aber du fehlst mir so sehr, wenn...", doch bevor Sœlve zu Ende sprechen konnte, legte sie ihr einen Finger auf den Mund.

"Ich weiß wie es dir geht, mein kleines rosa Häschen, und du fehlst mir auch. Ich hab dich so sehr lieb. Schau doch mal auf das Herz. Egal was ist, immer ist ein kleiner Teil von mir bei dir, da in dem Kristall sehr viel mehr verborgen ist."

Sœlve könnte nicht aufhören zu weinen und während die Tränen flossen, hielt Lilly hielt sie einfach nur im Arm und streichelte ihr weiter durch die Haare und über ihren Rücken.

Es dauerte lange bis sich Sœlve beruhigt hatte und die letzten Tränen versiegt waren. Behutsam nahm Lilly das Herz, welches nach wie vor in einem kräftigen Rot leuchtete, in die Hand und schaute es sich genau an.

"Weißt du... den Kristall, der sich in deinem Herzen befindet, habe ich vor einer langen, langen Zeit einmal gefunden... oder so ähnlich... aber dies ist jetzt keine Geschichte für diesen Moment..."

Beide schauten lange auf das glühende und leicht pulsierende Herz bis Lilly ihren Blick davon losriss und mit dem Zeigefinger auch Sœlves Kinn anhob. Nun schauten sie sich tief in die Augen.

"Hast du eigentlich jemals den Kristall aus dem Herzen herausgenommen?", kam auf einmal die Frage von Lilly. Sœlve war etwas erstaunt. Sie war noch nicht einmal im Geringsten auf die Idee gekommen das Herz zu öffnen. Zwar gab es auf der einen Seite ein kleines Scharnier und auf der anderen Seite einen Verschluss, aber irgendwie hatte es sich für sie so immer nur richtig angefühlt. Auch hatte sie die Kette mit dem Herzen niemals abgelegt, seitdem sie diese geschenkt bekommen hatte und inzwischen war es gefühlt wie ein Teil ihres Körpers geworden. Dass der Kristall mehr war als nur ein simples Schmuckstück, war ihr bereits wenige Stunden nachdem sie ihn erhielt, bewusst geworden. Was aber nun genau dieser Kristall war, wusste sie einfach nicht.

Noch während Lilly ihrer Freundin in die Augen schaute, öffnete sie den Verschluss des Herzens und ließ den Kristall in ihre offene Hand rollen. "Lege bitte deine Hand auf meine!", und Sœlve tat es. Augenblicklich wurde das Leuchten des Kristalls so hell, dass die beiden Mädchen wegschauen mussten. Sœlve wollte schon ihre Hand von Lillys herunternehmen, doch waren die Hände wie aneinandergeklebt, so dass sie diese nicht trennen konnten.

Das Licht wurde immer heller und dann war es wieder dunkel.

Bevor Sœlve etwas sagen oder tun konnte, steckte Lilly den Kristall in das Herz zurück und verschloss dieses wieder.

Doch waren sie nun nicht mehr in ihrem Zimmer, sondern auf einer kleinen Wiese. Ein zarter Wind strich um sie herum und der Duft von frisch gemähten Stroh stieg ihnen in die Nasen. Zarte Schäfchenwolken glitten über den ansonsten vollkommen blauen Himmel. Es war geradezu idyllisch und lud ein sich einfach zu setzen und ein Picknick zu genießen. Sie schauten sich um und stellten fest, dass sie sich auf einer Lichtung auf dem Wipfel eines Berges befanden. Die Lichtung war von alten Tannen umgeben. Am Ende der Lichtung, ein Stück weiter unten entdeckten sie ein kleines Dörfchen, welches ein Stück unter ihnen lag.

Bevor sie nun aber die Gegend erkundeten, legten sie sich einfach in das Gras und beobachteten die Wolken, die über den Himmel zogen. Irgendwann meinte dann Lilly, dass eine Wolke wie ein riesiger Drache aussehen würde. Nun begannen die beiden ihrer Fantasie freien Lauf zu lassen und entdeckten alles Mögliche in den Formen der Wolken. Von einem Hund, der einem Frisbee hinterher sprang über ganze Walfamilien, bis hin zu feuerspeienden Vögeln war so ziemlich alles dabei, was sie sich nur vorstellen konnten. Beide lachten so viel wie schon seit langer Zeit nicht mehr und überboten sich mit den blödesten Ideen, bis sie irgendwann die Müdigkeit verspürten. Wie viel Zeit vergangen war, seitdem sie hier waren, wussten sie auch beim allerbesten Willen nicht. Die Sonne stand noch hoch am Himmel und sendete ihre angenehme Wärme auf sie herab. Da es so schön war, blieben sie einfach liegen. Beide kuschelten sich aneinander und schliefen recht schnell ein.

So vergingen einige Stunden bis die beiden auf einmal von hellen Kinderstimmen geweckt wurden. Über ihnen standen zwei kleine blonde Mädchen, die allerhöchstens 8 oder 9 Jahre alt sein konnten. Beide sahen sich bis auf wenige Kleinigkeiten sehr ähnlich, denn sie hatten sehr lange Haare und trugen das gleiche weiße Kleidchen. Die weißen Blumen, die in ihre Haare geflochten waren, ließen die beiden wie kleine Prinzessinnen aussehen. Auf den ersten Blick waren sie kaum zu unterscheiden, da auch ihre Gesichter sehr ähnlich aussahen. Nur dadurch, dass eines der Mädchen ein bisschen größer war, war es ein wenig leichter.

"Ihr habt ja lustige Haare!", sagte das etwas größere Mädchen, "Ich hab noch niemals solche Farben in Haaren gesehen!"

Lilly und Sœlve schauten sich gegenseitig kurz an, fingen an zu grinsen und fielen dann in ein gemeinsames Lachen ein, das die beiden kleinen Mädchen mit einem leicht beleidigten Gesicht erwiderten.

"Es tut uns leid! Wir wollten euch nicht auslachen. Ihr werdet uns aber nicht glauben, wie oft Sœlve und ich auf unsere Haarfarben angesprochen werden. Es war nur gerade so furchtbar süß von euch!" Noch während sie sprach, wurden die Augen der kleinen Mädchen immer größer und aus den beleidigten Gesichtern sprach nun die pure Neugier. "Du heißt auch Sœlve?", fragte sie mit nun schon tellergroßen Augen.

"Na klar, sonst hätte Lilly mich ja nicht so genannt!", antwortete sie mit einem breiten Lächeln im Gesicht, während sie sich beide aufsetzten. Nun bekam auch das zweite Mädchen riesige Augen, sagte aber nichts.

"Ihr wollt uns doch auf den Arm nehmen! Haben Mama und Papa euch gesagt, wie wir heißen?", fragte nun wieder das erste Mädchen "Außer uns gibt es doch gar keine anderen Mädchen, die so heißen!"

Die beiden Freundinnen schauten sich erneut an und fingen wieder an zu lachen. Immer noch mit einem halben Lachen in der Stimme fing nun Sœlve an zu raten: "Dann nehme ich an, dass du die Lilly bist ...", und zeigte auf die Kleinere der beiden, die sofort rot anlief, "... und du bist, wie ich, die Sœlve!" Sie schwenkte ihren Finger auf die Größere, die sofort anfing wie wild zu nicken.

"Leider kennen wir eure Eltern nicht, aber ich kann euch mein Pinky Promise darauf geben, dass wir euch nicht anlügen!"

"Was ist denn ein Pinky Promise?", erschallte es aus beiden Mündern gleichzeitig.

Wieder konnten Lilly und Sœlve nicht anders als sehr breit zu grinsen.

"Ein Pinky Promise ...", begann Lilly, "... ist das ernsthafteste Versprechen, dass man nur geben kann!", fuhr Sœlve den Satz fort. "Man gibt sich den kleinen Finger und schwört aus tiefstem Herzen ..." sprach Lilly mit ernster Miene, in die nun auch Sœlve wieder verfiel, "... und wenn du es brichst, dann passiert was ganz Schlimmes!" Während sie dieses sagte, ließ sie ihre Stimme sehr streng klingen und erhob ihren kleinen Finger, was dann auch Lilly ihr gleichtat.

Zwar schauten sich die beiden kleinen Mädchen noch einmal etwas skeptisch an, streckten dann aber ihre kleinen Finger in die Höhe, um sie mit denen der beiden zu kreuzen.

Wie ein Blitz durchfuhr sowohl Lilly als auch Sœlve ein unbekanntes Gefühl der Vertrautheit zu den kleinen Mädchen, dass Tausende von Gedanken gleichzeitig auslöste. Die kleinen Lilly und Sœlve hingegen schienen nichts davon zu merken, da sie einfach nur stolz grinsten und einander anstrahlten. Das Gefühl war so schnell wieder verschwunden, wie es auch gekommen war, aber ein kleiner Rest des Gefühls blieb im Bauch zurück.

"Ihr zwei seht euch sehr ähnlich. Kann es sein, dass ihr Schwestern seid?"

Die beiden nickten wie wild mit ihren Köpfen, fassten sich bei den Händen und liefen einfach los. "Folgt uns doch, wenn ihr könnt!", riefen sie noch fröhlich während sie Richtung Tal rannten.

"Das sind schon zwei komische Mädchen, oder?"

"Auch nicht so viel komischer als wir zwei! Aber dass sie dieselben Namen tragen wie wir ist schon spannend... und das Gefühl von eben...", antwortete Lilly darauf. "Na egal... komm... gönnen wir den beiden den Spaß."

"Ach menno... dabei war es gerade noch so gemütlich!" Sœlve spielte extra auf muksch, doch dann standen sie auf und liefen den beiden Kleinen hinterher, die schon einen guten Vorsprung hatten, den sie aber schon nach kurzer Zeit aufgeholt hatten.

Von dann an schlenderten sie gemeinsam hinunter zum Dorf. Der Weg hinab ins Tal war wirklich angenehm da das Gefälle nicht so steil war, wie es von oben ausgesehen hatte. An den Seiten des Weges entdeckten Lilly und Sœlve einige Pflanzen, von denen sie sich sicher waren, sie noch nie zuvor gesehen zu haben.

Immer wieder blieben sie kurz stehen, um sich die eine oder andere Blume näher anschauen zu können. Zwar wussten sie nach wie vor nicht wo sie waren, aber es war doch sehr schön.

Die beiden kleinen Mädchen tuschelten fröhlich vor sich hin und blieben auf einmal stehen und schauten die beiden Großen an.

"Könnt ihr denn auch ein Geheimnis für euch behalten?", fragten sie wie aus einem Mund

"Natürlich können wir das!", antwortete Lilly sofort.

"Dann folgt uns!", noch bevor sie das "uns" vollkommen ausgesprochen hatten, waren die beiden auch schon im Unterholz des Waldrandes verschwunden. Sie schauten sich die Stelle an, in der die beiden Kleinen verschwunden waren und fanden einen kleinen Gang, der aber so klein war, dass sie hindurchkriechen mussten.

"Wollen wir uns das wirklich antun, mein Glühwürmchen?" Lilly fing an zu lachen und kroch in den Gang hinein. Mit einem tiefen Seufzer folgte Sœlve ihr dann widerstrebend doch. Auch wenn es keine logische Erklärung gab und sie auch nicht unter einer Angst in zu engen Räumen litt, war es ihr immer ein wenig unangenehm bei so etwas mitzumachen. Oft genug bekam sie dafür schon zu hören, dass sie ja einfach nur zu eitel wäre.

Nach einigen Metern, die sie durch den tunnelartigen Gang gekrochen waren, befand sich der Eingang zu einer erstaunlich großen

Höhle, die sie hier auf keinen Fall erwartet hätten. Die beiden kleinen Mädchen standen in der Mitte der Höhle und hatten von irgendwoher einen großen Rucksack, den sie gerade auspackten. Von der Mitte des Tunnels gingen noch einige Tunnel ab, die tiefer in das Gestein führten, aber definitiv zu klein waren um betreten werden zu können.

Die kleine Lilly begann eine Melodie zu summen, auf die eine Melodie zurückkam. Ein Geräusch von Flügelschlägen erklang und etwas Schwarzes flog auf die beiden kleinen Mädchen zu. Es waren ganz viele kleine Fledermäuse, die sich auf und neben den Kindern niederließen und sich mit frischen Obststückchen füttern ließen.

"Schaut mal! Das sind unsere Freunde!", rief die kleine Sœlve den beiden zu.

Diese betrachteten das Schauspiel mit vollster Freude und genossen den Anblick. Es war einfach schön die Unbeschwertheit der Kinder zu sehen und sich mit ihnen gemeinsam zu freuen. Doch während die Fledermäuse sich noch füttern ließen, fing das Herz von Sœlve langsam an sich zu erwärmen. Anfangs bemerkte sie es gar nicht, aber als auch die Fledermäuse leicht unruhig wurden, sah sie auf ihr Herz hinab und sah, dass es auch rot schimmerte.

Wie auf ein Kommando verschwanden alle Fledermäuse auf einmal und für den Hauch eines Augenblicks herrschte vollkommene Stille bis ein Rascheln diese Stille zerriss. Sowohl Sœlve als auch Lilly kannten dieses Geräusch, da sie es bereits in einer anderen Dimension erlebt hatten. Noch bevor sie reagieren konnten, schossen unzählige pechschwarze Spinnen aus den Tunneln empor und wollten sich auf die Kinder stürzen. Lilly reagierte dank ihrer Vampirkräfte so schnell, dass sie sich vor die Kinder werfen konnte und diese mit einem kräftigen Schubs aus dem Bereich der Spinnen beförderte. Doch nun stürzten sich die Spinnen auf Lilly. Auch Sœlve hatte keinen Moment verschwendet, war ihrer Freundin hinterher gestürzt und hatte ihr grünes Leuchten um sie herum aktiviert. Es war wie ein Schutzschild, das auch Lilly in dem Moment vollkommen umgab, als Sœlve sich auf sie warf. Sie konnten noch sehen wie die Kinder, nachdem sie sich von dem kleinen Schock erholt hatten, so schnell sie konnten durch den Gang rannten. So waren sie wenigstens in Sicherheit und ihnen konnte nichts passieren. Vielleicht würden sie auch in Richtung des Dorfes rennen und versuchen Hilfe zu holen, aber wer sollte den Kindern schon so eine unglaubliche Geschichte glauben? Sœlve und Lilly waren nun, wie schon unzählige

Male zuvor, auf sich alleine gestellt. Auch wenn das Schild von Sœlve hielt und die Spinnen nur bis auf wenige Zentimeter an sie heran kamen, wollte der Strom der Spinnen einfach nicht versiegen. Egal wohin sie schauten war die ganze Höhle nur noch von unzähligen schwarzen, sich über alles bewegenden Beinen mit dicken schwarzen Körpern übersät.

Das Schild hielt, aber inzwischen war die Masse so groß, dass sie selbst darunter wie begraben waren. Sie wussten auch nicht, wie sie aus dieser Situation herauskommen sollten, bis das Herz von Sœlve noch kräftiger aufleuchtete als zuvor und mit einer Art Schockwelle die Spinnen von ihnen herunter schleuderte. Als die Spinnen gegen die Wand flogen, lösten die sich aber einfach in schwarzen Nebel auf, der sich wabernd in der Höhle verteilte. Wenigstens hatten die beiden nun die Chance wieder aufzustehen und den Staub von sich abzuklopfen. Mit der Entstehung des Nebels waren auch keine weiteren Spinnen mehr aufgetaucht, aber dann fing der Nebel auf einmal an zu brüllen. Sie hatten zwar mit vielen Dingen gerechnet, aber nicht, dass eine Nebelwand anfangen könnte zu brüllen. Leider war das Brüllen nicht das Einzige was passierte. Ehe sie sich versehen konnten, wurde der Nebel zu festen Konturen und sie waren von bis an die Zähne bewaffneten Orks umzingelt, die ohne einen Moment zu verschwenden auf sie zustürmten. So schnell wie die Orks auch waren, Sœlve und Lilly waren noch schneller und ließen ihre Waffen aus Atlantis in ihren Händen erscheinen. Lillys Kampffächer wirkten ausgeklappt sehr edel und elegant. Rote Kristalle schimmerten auf dem schwarzen samtenen Stoff wie kleine Sterne am Himmel. Auch der Griff des pechschwarzen Katanas von Sœlve war mit denselben roten Kristallen besetzt. Sowohl auf Lillys als auch auf Sœlves Waffen fingen die Kristalle an hell aufzuleuchten und als ob der Kristall im Herzanhänger es geahnt hätte, leuchtete auch dieser in vollster Pracht auf. Klingen aus eisblauen Stahl schlugen immer wieder auf die beiden Freundinnen ein, die aber jeden einzelnen Schlag mühelos abwehrten. Die Waffen aus Cul Al Dun Art Dirh, so wurde das heutige Atlantis von den Vampiren genannt, waren mit der Kraft des Himmelsauges versehen und verliehen ihren Trägern zusätzliche Kräfte. Hierzu gehörte auch die Fähigkeit mit der entsprechenden Waffe umgehen zu können. Da die Orks nur auf ihre Kraft und Brutalität setzten, konnten sie versuchen was sie wollten, aber nicht einen einzigen Treffer landen.

Dafür konnten aber Lilly und Sœlve einen Ork nach dem Anderen außer Gefecht setzen und sich langsam immer mehr Raum erkämpfen. Als sie schließlich dachten, dass sie die Gefahr bald besiegt hätten, strömte erneut schwarzer Nebel in die Höhle und neue Orks stürmten auf sie zu. Sofort entbrannte der zum Liegen gekommene Kampf erneut. Lilly und Sœlve wirbelten mit ihren Waffen durch die Gegend, so dass es wie ein Wunder wirkte, dass sie sich gegenseitig nicht trafen. Während sie sich in einer extremen Geschwindigkeit durch die Höhle bewegten, entdeckte Sœlve, dass der Rauch nur aus einem einzigen winzigen Loch zu kommen schien. Dieses war allerdings so klein, dass allerhöchstens eine Hand hineingepasst hätte.

Ohne weiter darüber nachzudenken, griff sie in das Loch hinein und fühlte einen kleinen runden Gegenstand, den sie mit ihrer Hand umschloss. Als sie dies tat, musste sie mitansehen wie der schwarze Nebel versuchte sie einzuhüllen. Überall auf ihrem Körper verwandelte sich der Nebel in kleine schwarze Spinnen, die zum Glück, durch den grünen Schutzschild um sie herum, nicht direkt auf ihr waren. Trotzdem fing Sœlve an laut aufzuschreien und warf den kleinen Gegenstand von sich weg. In dem Moment als sie den Gegenstand weggeworfen hatte, lösten sich die Spinnen auf ihrem Körper auf und auch die Orks waren auf einmal wie versteinert. Er landete genau in der Mitte der Höhle und immer mehr schwarzer Rauch strömte aus ihm heraus. Trotzdem konnten die beiden nun erkennen, dass es sich um einen geschliffenen Kristall handelte, der mit kleinen Zeichen verziert war.

Beide schauten sich nur den Hauch einer Sekunde gegenseitig an und wussten sofort, was die andere dachte. Mit einem lauten Schrei sprangen sie mit ihren Waffen auf den Kristall zu und trafen ihn gleichzeitig.

Mit einer gewaltigen Explosion wurden sie vom Kristall weggeschleudert und knallten mit voller Wucht gegen eine Wand. Gleichzeitig wurde es so schwarz in der Höhle, dass man nicht einmal die eigene Hand vor Augen sehen konnte und ein Grummeln durchzog die neu entstandene Stille. Das Geräusch der Fledermausflügel erklang wieder und nur Augenblicke später spürten sie den Zug der Fledermäuse, die die Höhle verließen. Teile der Decke brachen ein und verschütteten den Ausgang, durch den sie zuvor noch in die Höhle gekommen waren. Durch die Wucht der Waffen auf dem Kristall war dieser in viele kleine Stücke zerbrochen, die nun jeweils explodierten und immer mehr der Decke einstürzen ließen. Die Luft bestand nach all den Explosionen nur noch aus Staub und Dreck. Mit ihrer letzten Kraft schaffte es Lilly einen noch nicht explodierten Teil des Kristalls mit einem ihrer Fächer an die gegenüberliegende Wand zu schleudern.

Als dieser auf die Wand traf, riss die Explosion ein Loch auf, durch das Tageslicht in die Dunkelheit drang. Irgendwie schafften die beiden Freundinnen es sich noch einmal aufzurappeln und krochen zum Loch. Kaum angekommen, brach hinter ihnen nun auch der Rest der Höhle ein und ihnen blieb nichts anderes übrig als zu springen.

Es ging tief hinab und sie landeten in einem reißenden Fluss, der sie sofort mit der Strömung mitriss. Nur unter extremen Mühen gelang es Lilly und Sœlve einander zu erreichen und sich an den Händen zu berühren, woraufhin der Kristall in Sœlves Herz wieder so hell aufleuchtete, dass es blendete.

Als sie wieder ihre Augen öffneten, befanden sie sich wieder auf Sœlves Bett. Zwar waren sie wieder trocken, aber sie zitterten noch am ganzen Körper. Sie waren aber so froh, dass weder ihnen noch den beiden Kleinen etwas passiert war.

"Sag mal...", fing Sœlve an zu sprechen, nachdem sie sich wieder etwas erholt hatte, "... hast du auch dieses merkwürdige Gefühl gehabt, als wir die beiden berührt haben?"

"Ja... es war so, als ob ich irgendwie mich selbst berührt hätte...", meinte Lilly daraufhin.

"Aber jetzt ist nicht der richtige Moment darüber nachzudenken. Ganz langsam solltest du doch auch mal schlafen, oder? Ich werde dich heute Nacht noch in deinen Träumen begleiten. Ich hab dich sehr, sehr lieb!"

Sœlve spürte in dem Moment eine schwere Müdigkeit in sich und schloss leicht widerwillig die Augen. Kaum hatte sie dies getan, fühlte sie, wie Lilly sie ganz sanft auf ihren Rücken drückte und die Decke über sie zog. Den Hauch eines Augenblicks lang befürchtete Sœlve, dass sie nun wieder alleine war, doch dann krabbelte Lilly auch unter die warme Decke und kuschelte sich an sie an.

"Schlaf schön, mein Häschen. Wir gehen jetzt auf ein etwas schöneres Abenteuer! Ich hab dich lieb."

"Ich dich auch so sehr!"

Sie spürte noch einen Kuss auf ihrer Wange, schlief langsam ein und war glücklich, dass ihre Lilly jetzt bei ihr war.

Suma

Geschrieben von Pepper Blue

"Umpf!", Suma kam schmerzlich mit ihrem Hinterteil auf dem harten Sandboden auf.

Sie stand etwas ungelenk auf und rieb sich den schmerzenden Po während sie sich umsah.

Die Sonne in Verbindung mit der hellen weitläufigen Einöde blendete sie derart, dass sie die Augen zusammenkneifen musste. Weit und breit nichts.

Mit mehreren Handgriffen versicherte sie sich, dass noch alles da war von ihrem wenigen Hab und Gut. Den Beutel mit den Samen zog sie zuletzt raus und zählte gewissenhaft deren Anzahl. 32 waren es, um genau zu sein. Der Wichtigste war der Unscheinbarste von allen: Er hatte die Größe einer sehr kleinen Bohne und war kümmerlich grau gefärbt. Suma konnte nicht glauben, dass aus diesem kleinen Wicht mal ein Soreiro-Baum entstehen sollte, dessen Stamm man mit Glück erst in einer Stunde umrunden konnte und dessen Baumkrone dermaßen weit hinaufragte, dass es kaum ein geflügeltes Wesen gab, welches hoch oben nisten konnte. Laut ihrer Lehrerin war der Soreiro ein wichtiges Grundelement, damit ein Wald gedeihen und in den Besitz einer Seele kommen konnte. Gutes Stichwort.

Wald. Etwas bekümmert sah sie auf den kleinen Beutel mit den Samen herunter. Wie lange es wohl dauern würde bis daraus ein Wald entstehen würde? Sie hatte das Gefühl, dass es eine ganze Weile dauern könnte.

Ihre Ausbildung war zwar offiziell vorbei, aber jeder wusste, dass diese inoffiziell erst mit der letzten großen Aufgabe beendet war, in der man sich selber beweisen musste. Es gab niemanden, der den Fortschritt zwischendurch prüfte, was letztendlich hieß, dass man auf sein eigenes Urteilsvermögen angewiesen war und sich selber gegenüber ehrlich sein musste.
Keine Aufgabe glich der anderen und jede war auf die Schwächen der Schüler abgestimmt. Manch einer war nach einigen Jahren bereits fertig, während andere ihr ganzes Leben damit zubrachten: Es blieb jedem selbst überlassen, wie viel Zeit sie aufwenden wollten und wann sie den Eindruck hatten die Aufgabe erfüllt zu haben.
Suma streckte sich ausgiebig und machte sich an die Arbeit die Samen anzupflanzen.

Die Zeit verging und die Einöde wurde nach und nach immer fruchtbarer, was unter anderem daran lag, dass Suma tief im Inneren der Erde schlafende Wassergeister entdeckt und sie einfach geweckt hatte. Die Geister konnten nach Jahrhunderten des Schlafes nur mühsam ihre Körperform behalten und zerfielen alle paar Minuten schlaftrunken in flüssige Pfützen bevor sie sich wieder aufrappelten. Sie wurden jedoch schnell hellhörig als sie von dem Plan hörten aus der kargen Einöde einen blühenden Wald zu machen und erklärten sich nur allzu gerne bereit ihr zu helfen, indem sie alte Quellen wiederbelebten. Ein grüner Wald war für die quirligen Geister allemal aufregender als die Aussicht auf einen langen Schlaf in einer leblosen Landschaft. Ehe sie sich versah, war aus einer Gruppe Bäume ein weitläufiger Wald entstanden, der von einer wachsenden Zahl an Tieren bevölkert wurde.

Suma lebte auf dem höchsten und ältesten Baum, von dem aus sie alles im Überblick hatte. Sie war von Natur aus sehr neugierig und erkundete ihren Wald ausgiebig, stets auf der Suche nach etwas Neuem. Man mochte es kaum glauben, aber selbst nach all der langen Zeit entdeckte sie immer noch unbekannte Dinge. Seien es saphirblaue Libellen, die während der Paarungszeit vereinzelte Tautropfen auf ihre Flügel luden, um in der Sonne einen glitzernden Flugtanz hinzulegen oder parasitäre Orchideen, die sich an verletzte Tiere hefteten und sich von deren krankem Gewebe ernährten bis diese gesundet und damit wieder uninteressant für die schönen Parasiten geworden waren.

Eines Tages bemerkte sie eine Gruppe von Menschen, die von ihrer langen Reise ausgelaugt waren und völlig ermüdet unter den Bäumen Zuflucht vom Regen suchten. Aus einer Nacht wurden mehrere Nächte bis die Reisenden beschlossen sesshaft zu werden und sich am Waldesrand anzusiedeln. Die Jahrzehnte vergingen und aus der kleinen Siedlung wurde eine kleine Stadt.

Suma machte sich einen Spaß daraus die Menschen zu beobachten, da sie diese höchst unterhaltsam fand, aber ansonsten hielt sie sich lieber fern von ihnen und achtete darauf nicht gesehen zu werden.

In der Regel benötigte sie nicht allzu viel Schlaf und den Großteil ihrer Zeit verwandte sie darauf ihre Umgebung zu erkunden und im Wald nach dem Rechten zu sehen. Seit die Menschen sich am Rande des Waldes niedergelassen hatten, flog sie tagsüber eher ungern - dafür tobte sie sich des Nachts umso mehr in der Luft aus und stieg so hoch auf, dass sie im Senkflug durch die Wolken stoben konnte.

Eines Nachts war sie abermals auf einer ihrer nächtlichen Erkundungstouren unterwegs und streifte im Flug mit den Händen über die

Baumkronen unter ihr, als sie von seltsamen Empfindungen getroffen wurde. Irritiert wurde sie langsamer bis sie auf einem Baum landete und sich an dessen Baumwipfel festhielt während sie die Eindrücke ordnete. Aus der Stadt voller Menschen kam immer ein ganzer Haufen an Gefühlen herangeschwappt: Freude, Gereiztheit, Liebe, Erschöpfung - ein ganzes Potpourri eben. Das Meiste ignorierte sie geflissentlich, weil sie sonst wahnsinnig geworden wäre, wenn sie auf jedes einzelne Gefühl eingegangen wäre. Aus all dem stach heute jedoch eins heraus, das sich merkwürdig anfühlte... Als ob jemand unbemerkt von allen um Hilfe rang.

Mit einer geschmeidigen Bewegung stieß sich Suma von der Baumspitze ab und machte sich auf die Suche. Sie flog aufmerksam umher bis sie mit immer kleiner werdenden Flugkreisen die Quelle in einem Dachgeschoss orten konnte. Vorsichtig ließ sie sich auf dem Dach nieder und streckte sich kopfüber zu einem der Fenster hinunter, um hineinzuspähen. Nur vage ließ sich ein dunkles Zimmer erkennen in dessen Ecke ein Bett stand. Immer noch kopfüber drückte sie das Fenster auf und hangelte sich hinein, stets darauf bedacht keine verräterischen Geräusche zu produzieren. Auf Zehenspitzen näherte sie sich dem Bett und blickte auf eine dickliche junge Frau hinab, von der nur der Kopf rausschaute. Ihr Bauchgefühl sagte ihr, dass etwas nicht stimmte, aber im ersten Moment kam sie nicht darauf, was es war, bis es ihr wie Schuppen von den Augen fiel: Sie atmete ja gar nicht! Ohne viel Federlesens packte sie den Kopf der Unbekannten, hielt ihn in einer stabilen Lage und flößte ihr in langen Zügen den rettenden Atem ein. In der Vergangenheit war sie schon etliche Male bei Tiergeburten zugegen gewesen, bei denen es Komplikationen gab und in denen sie das Junge noch im Mutterleib herumdrehen musste, damit es sich bei der Geburt nicht selber den Weg nach außen versperrte oder in denen sich die Nabelschnur so ungünstig um den Hals gelegt hatte, dass das Neugeborene keine Luft mehr bekam und wiederbelebt werden musste, nachdem die Nabelschnur durchgeschnitten worden war. Während dieser ersten Male in denen sie helfend zur Seite sprang, hatte sie nur mühsam die Panik unterdrücken können, weil sie befürchtete dem Ganzen nicht gewachsen zu sein und nur nichts falsch machen wollte, da schließlich ein Leben von ihrem Handeln abhing. Mit der Zeit wuchs jedoch die Erfahrung und sie konnte routinierter vorgehen. Tote blieben natürlich nicht aus, aber sie tat ihr Möglichstes, um das zu verhindern.

Noch während ihr Mund über den Lippen der jungen Frau gestülpt war, fing diese leicht hustend wieder an zu atmen. Suma trat einige Schritte zurück in den Schatten und beobachtete sie wachsam. Aus dem leichten Husten wurde ein verhaltenes Schnaufen, das nach wenigen Minuten in ein gleichmäßiges Atmen überging. "Puuuh...", Suma hatte in ihrer Anspannung den Atem angehalten und atmete nun erleichtert aus. Sie strich sich die Haare aus dem Gesicht und sah sich im Zimmer um. Die Wände waren blau bemalt und auf dem Tisch lagen eine Reihe von Schnitzereien, einige waren erst grob nach ihrer Form aus dem Holz herausgeschnitten worden, während andere schon mit unzähligen Details versehen und poliert worden waren. Mit den Fingerspitzen berührte sie das glatte Holz und nahm einige der Figuren anerkennend in die Hand. Einige Menschen waren darunter, aber der Großteil bestand aus Tieren, die tatsächlich im Wald vorkamen. Eine Schnitzerei sah fast aus wie der freche Bär, der am Eichenhain lebte und viel zu faul Fische war aus dem Fluss zu fangen. Er verbrachte seine Zeit lieber damit dort schwimmen zu gehen und sich danach den nassen Pelz in der Sonne trocknen zu lassen, während er auf einem der Felsen schlief. Es verwunderte sie immer wieder aufs Neue wie er so eine stattliche Statur haben konnte, wenn er sich augenscheinlich nur von süßen Beeren, bevorzugt Erdbeeren, ernährte. Schmunzelnd legte sie den Holzbären zurück an seinem Platz und blickte sich ein letztes Mal nach der jungen Frau um, die friedlich vor sich hinschlummerte und keine Probleme mehr beim Atmen zu haben schien. Beim Hinausgehen fiel ihr Blick auf einen Weidenkorb, der mit irgendwas gefüllt war. Neugierig trat sie näher und griff in den raschelnden Haufen hinein. Im Mondlicht konnte sie erkennen, dass sie eine getrocknete Blume namens Elvera in den Händen hielt. Die Stadt wurde von zahlreichen Rauchern bevölkert, die sich ihre Pfeife gerne mit getrockneten Blumen stopften, welche beim Paffen wohlschmeckende Aromen verströmten. Je nach Pflanzenart unterschied sich der Geschmack und die Intensität. Experimentierfreudige Jugendliche hatten nach dem Genuss von Elveras festgestellt, dass es einen in ungeahnte Sphären versetzen konnte und man danach für einige Stunden in einem wunderbaren Wachzustand schwebte. Innerhalb der Stadt war es jedoch verpönt zu viel davon zu rauchen, weil man ansonsten von fürchterlichen Kopfschmerzen gestraft wurde, die durch gewöhnliches Sonnenlicht umso mehr verstärkt wurden. Suma hatte schon bemerkt, dass diese Blume mittlerweile eine wichtige Einnahmequelle für die Bewohner darstellte, da sie an weit entfernte Städte verkauft wurde, wo sie ungeachtet ihrer Nebenwirkungen als beliebtes Genussmittel konsumiert wurde. Die Pflanze konnte augenscheinlich nur in bestimmten Waldgebieten gedeihen, wo es eine Vielzahl anderer Pflanzen gab. Vergangene Versuche sie in großer Zahl als Monokultur auf Feldern zu züchten, waren kläglich gescheitert und so beließ man es nach vielen Niederschlägen dabei sie im Wald zu pflücken. Nach dem Pflücken wurden sie in der Sonne getrocknet und anschließend machte man sich daran die Blüten von dem Rest der Blume zu trennen. Waren die Blüten für ihren feinen und delikaten Geschmack bekannt, so waren die restlichen Teile der Pflanze alles andere als wohlschmeckend: Verirrte sich in den Blütentabak beispielsweise auch nur ein kleines Blatt vom Stängel, so wurde das ganze Geschmackserlebnis korrumpiert und man bekam das Gefühl als ob man reichlich Pferdeäpfel rauchen würde, was gewöhnlich einen starken Brechreiz zur Folge hatte. Suma hatte in der Anfangszeit gut versteckt in den Bäumen beobachtet, wie die Menschen in vielen Selbstversuchen ausprobiert hatten wie viel man von der Elvera für den Tabak verwerten konnte. Das eine Mal wäre sie vor Lachen fast vom Baum gefallen, als sie mitansehen musste wie eine besonders wagemutige Frau die getrockneten Blätter in der Pfeife rauchte und sich geschwind den Mund hielt, um sich nicht erbrechen zu müssen. Viel gebracht hatte das jedoch nicht, weil ihr Mageninhalt dafür durch die Nase nach draußen schoss. Bei diesem unverhofften Anblick war Suma so schnell sie konnte zwischen den Bäumen davongeflogen, um sich nicht durch ihr lautes Gelächter zu verraten.

Wenn es darum ging, die Blüten abzuzupfen, wurde abends die ganze Familie eingespannt und selbst die Allerkleinsten trennten konzentriert die Blüten von dem Rest ab, vorsichtig darauf bedacht nichts Unpassendes miteinander zu vermischen.

Nachdenklich betrachtete Suma die Blume, während sie diese zwischen den Fingern drehte. Sie warf die getrocknete Blume in den Korb zurück und flog durch das Fenster in ihren Wald davon.

Seit diesem ungewöhnlichen Fall der Atemnot war sie auf der Hut und sollte in der Folge noch dem einen oder anderen des Nachts den rettenden Atem schenken. Sie war zwar froh helfen zu können, aber es nagte an ihr nicht zu wissen, woher das Ganze rührte, woraufhin sie beschloss die Menschen noch genauer als sonst zu beobachten. Es sollten Jahre vergehen bis sie dem Grund auf die Spur kommen sollte, aber wenn sie eines hatte, dann war es Zeit. Die wenigen Menschen, die des Nachts von Atemnot heimgesucht wurden, hatten eines gemeinsam: Sie stammten aus Familien, die schon lange ihr Geld mit dem Abbau der Elveras verdingten und viel damit arbeiteten. An sich war die Pflanze harmlos, aber wer sie in größeren Mengen pflückte und dabei immer wieder, selbst mit Handschuhen, mit deren dickflüssigen Saft in Berührung kam, wurde klammheimlich einem Gift ausgesetzt. Die giftige Substanz machte sich jedoch nicht unmittelbar erkennbar, sondern entwickelte ihre Wirkung in einem schleichenden Prozess, der sich erst in der nachfolgenden Generation entfaltete. Innerhalb dieser Generation wurde auch nur einer von vielleicht hundert befallen und musste bei scheinbar bester Gesundheit qualvoll im Schlaf ersticken, unfähig sich zu rühren oder um Hilfe zu rufen. Die unerklärlichen Tode stellten die Menschen vor ein Rätsel, aber niemand vermochte einen Zusammenhang zu den wirtschaftlich wichtigen Elveras herzustellen, zumal es nur sehr vereinzelt Tote gab. Einige religiöse Eiferer vermuteten eine Bestrafung sündhafter Taten dahinter, aber im allgemeinen Konsens wurden die Tode schlichtweg als unglückliche Ereignisse angesehen. Suma hatte in der

Vergangenheit versucht ihre Entdeckung den Bewohnern mitzuteilen, indem sie einem Gelehrten während seines Schlafes so lange ihre Überlegungen einflüsterte, bis dieser glaubte selber darauf gekommen zu sein. Er ging unverzüglich damit zum Stadtrat, um vor der Gefahr zu warnen. Der Rat hörte ihn zwar anfangs zu, aber noch bevor er fertig war, wurde er hinauskomplimentiert, damit er seine kruden Theorien den Tauben auf der Straße weitererzählen konnte. Nach dieser herben Enttäuschung musste sich Suma eingestehen, dass für die Menschen zu viel Geld von den getrockneten Pflanzen abhing, als dass sie sich überzeugen lassen wollten von der Ernte abzulassen.

Eines hatte sie schließlich gelernt: So interessant diese Geschöpfe auch sein mochten in ihren Verhaltensweisen - war viel Geld im Spiel so schaltete sich das Gehirn gerne aus. Was sie jedoch tun konnte, war die nächtlichen Erstickungsanfälle so gut es ging abzuwenden.

Gähnend schritt Suma auf einem ihrer täglichen Rundgänge durch den Wald. Gestern war es eine lange Nacht geworden, da es bei den Menschen jeden Sommer einen Jahrmarkt gab zu dessen Abschluss ein imposantes Feuerwerk veranstaltet wurde. Liebte sie schon den mit Sternen gesprenkelten Nachthimmel, so konnte das nur noch durch ein farbenfrohes Lichterspektakel im dunklen Himmel gesteigert werden. Noch etwas verschlafen schritt sie an halb verborgenen Höhleneingängen vorbei und grüßte freundlich die Orks, die emsig dabei waren Holzfässer für ihren Erdbeerwein herzustellen. Die grün schattierten Geschöpfe mochten zwar durch ihre Größe und ihren grimmigen Gesichtsausdruck furchteinflößend aussehen, waren aber absolut harmlos, solange man sie in Ruhe ließ. Ihr Familiensinn war sehr ausgeprägt und es tobten stets Horden von kleinen Orks umher, die bevorzugt an den massiven Rücken der gutmütigen Erwachsenen herumkraxelten. In Schach gehalten wurden sie eigentlich nur von den älteren weißhaarigen Orks, die sie streng in ihre Schranken wiesen, aber selber nur mit Mühe ein lustiges Funkeln in den Augen verbergen konnten. Die Orks ahnten, dass Suma länger als der älteste Baum existierte und manche mutmaßten, dass sie es war, die den Wald überhaupt erschaffen hatte. Genaueres wusste aber niemand, zumal die Person, um die es ging, grinsend darüber Stillschweigen wahrte. Sie hatten jedenfalls eine immense Achtung und Respekt vor ihr und nicht wenige verehrten sie beinahe wie eine Göttin. Diese Verehrung wurde von Suma entschieden als unnötige Geste abgewiesen, aber insgeheim freute sie sich doch etwas über diese Ehrerbietung.

Sie freute sich auch darüber, dass die Orks sich wie selbstverständlich um den Wald mit kümmerten und ein Auge auf die jungen Pflanzen oder kränkliche Tiere hatten.

Eines Nachts flößte sie wie so oft den rettenden Atem bei einem jungen Mann ein, als dieser mittendrin halb wach wurde und vor Schreck aufbrüllte, als er sie sah. Ehe Suma reagieren konnte, stürzten schon der Vater und die Mutter, noch in ihren Schlafgewändern, aus dem Nebenzimmer herein. Beide blieben erschrocken an der Tür stehen, als sie voll Grauen das unbekannte Wesen sahen, das sich über ihren Sohn gebeugt hatte und dessen Gesicht in beiden Händen hielt. In dem Glauben, dass dieses Wesen Schindluder trieb und an dem unnatürlich farblosen Gesicht seines Opfers schuld war, verscheuchten sie es mit drohenden Gebärden. Suma war völlig überrumpelt von der Feindseligkeit und wich in eine Ecke zurück.

Der junge Mann schnappte erfolglos nach Luft und Suma wollte wieder an seine Seite eilen, um ihn weiter zu beatmen. Sie wurde jedoch von dem Vater aufgehalten, der sich ihr in dem Weg stellte und grimmig mit einem Messer nach ihr fuhr. In letzter Sekunde wich sie zurück, konnte aber nicht verhindern, dass er ihr einen tiefen Schnitt in dem Arm einbrachte. Kostbare Zeit verstrich in der sie wieder und wieder versuchte an dem älteren Mann vorbeizukommen, während sie sich gleichzeitig den stark blutenden Arm hielt. Ein gellender Schrei ließ die beiden innehalten und als der Vater sich umdrehte, konnte Suma sehen wie die immer noch schreiende Mutter ihren leblosen Sohn in den Armen hielt. Er war erstickt.

Als sich Suma von ihrer Schockstarre lösen konnte, stolperte sie zum Fenster und flog hinaus.

Draußen kreischte jemand: "Ein Monster!", und beinahe wäre Suma vor Schreck abgestürzt. Sie konnte sich noch rechtzeitig fangen und sah unter sich eine kleine Menschenmenge, die sie mit offenen Mündern anstarrten. Der Lärm und das Geschrei aus dem Haus hatte besorgte Nachbarn geweckt, die sich halb sorgenvoll, halb neugierig vor dem Gebäude versammelt hatten, um nach dem Rechten zu sehen. Die Ersten fingen wahllos an, was sie nur ihre Finger kriegen konnten, nach ihr zu werfen und Suma flog so schnell sie konnte in den schützenden Wald hinein.

Ihre panische Flucht war erst beendet als sie in den Tiefen des Waldes ihren Soreiro erreicht hatte. Außer Atem legte sie sich in eine hoch oben gelegene Kuhle im Baumstamm und rollte sich leicht zitternd zusammen. Sie verstand die Welt nicht mehr und alles, was nur schiefgehen konnte, war eingetreten...

Nach quälend langen Stunden in denen sie sich immer wieder die Ereignisse ins Gedächtnis rief, fiel sie bei Anbruch der ersten Sonnenstrahlen endlich in einen erschöpften Schlaf.

In der Zwischenzeit hatten sich die Nachbarn des Verstorbenen miteinander beraten und beschlossen bei Tagesanbruch Jagd auf das Monster zu machen, um die Gefahr in ihrer Nähe so schnell wie möglich zu beseitigen.

Dank der Blutspuren, die das fremde Wesen bei seiner panischen Flucht hinterlassen hatte, konnten sie seiner Richtung relativ gut folgen. Sie drangen immer tiefer in den Wald hinein und je dunkler ihre Umgebung wurde, desto mulmiger wurde ihnen. Unvermittelt traten sie auf einen Waldstreifen hinaus, der nach der bisherigen düsteren Umgebung wohltuend lichtdurchflutet und nur von knöchelhohen Pflanzen bewachsen war. Erleichtert beschleunigten sie ihr Tempo und gingen querfeldein durch die kleinen Pflanzen, um schneller auf die andere Seite zu gelangen. Ein wütendes Grunzen drang aus dem dunklen Wald zu ihnen heran und ließ die Männer herumfahren. Acht kräftige und monströs erscheinende Orks traten hinter den Bäumen hervor und gingen langsam auf sie zu, während sie in einer unverständlichen Sprache auf den Boden wiesen und sichtlich verärgert waren. Der Suchtrupp aus der Stadt drängte sich näher zusammen und einer flüsterte nervös: "Seht nur! Noch mehr Monster! Wir haben ihr Revier betreten und jetzt wollen sie uns töten...!"

Die Orks bemerkten schließlich, dass sie anscheinend nicht dieselbe Sprache sprachen und versuchten sich nun mit Gesten zu verständlich zu machen. Alles, was sie diesen kleinen Männchen sagen wollten, war, dass sie doch gefälligst aufpassen sollten, worauf sie traten. Sie hatten beim Holz fällen gesehen, dass irgendjemand eine regelrechte Trampelspur durch den Wald hinterlassen hatte und dabei fleißig junge Schösslinge zertreten hatte. Zu allem Überdruss standen diese komischen Wesen, die mit Zähnen klapperten, mitten auf einem Waldstück, wo nur alle drei Jahre eine Heilpflanze wuchs, die Fieber senken konnten und in diesem Wachstumsstadium anfällig für Schäden aller Art war. Einer der Orks bot den Menschen zudem an, sie durch den Wald zu führen und an ihr Ziel zu bringen, damit sie nicht mehr so viel Schaden anrichten würden. Er versuchte sein Bestes sich verständlich zu machen und in seinem Eifer wurden seine Bewegungen immer ausschweifender und heftiger, was den Trupp nur noch mehr einschüchterte, der angesichts des groben Aussehens der Orks bereits völlig in Furcht verfallen war.

Ein besonders Ängstlicher war bereits halb toll vor Angst und preschte mit seinem kleinen Schwert aus der Gruppe hervor. Er war kein geübter Schwertkämpfer, aber durch sein linkisches und hektisches Manöver gelang es ihm aus unerfindlichen Gründen den Wortführer der Orks aus Versehen am Hals zu treffen. Dabei erwischte er eine Vene aus der das Blut nur so herausschoss und der Ork sackte ungläubig in sich zusammen. Die umliegenden Orks scharten sich besorgt um den Verletzten und stießen Laute der Hilflosigkeit und des Schmerzes aus, währen sie sich bemühten die Blutung zu stoppen. Für die Menschenohren klangen die Laute des Wehklagens nur nach Schimpftiraden und üblen Drohungen und sie fühlten sich immer mehr in Gefahr. Dieser Eindruck wurde zu allem Überdruss dadurch verstärkt, dass die Orks immer wieder in ihre Richtung blickten und sie anpolterten. Keiner von ihnen ahnte, dass sie nur um Hilfe gebeten wurden, weil die Orks angesichts der Verletzung nicht mehr weiter wussten.

Hektisch berieten sich die Männer aus der Stadt untereinander und innerhalb kürzester manifestierte sich ihr Entschluss der scheinbaren Bedrohung ins Auge zu sehen, so dass sie zum Angriff übergingen. Die Orks wurden von brüllenden Männern überrannt, die mit ihren Schwertern nach ihnen stachen. Anfangs wehrten sie die Hiebe nur völlig überrascht ab, was jedoch bald in Zorn überging und schließlich schlugen sie wütend zurück.

Suma schnellte aus ihrer Kuhle auf. Etwas stimmte nicht. Da waren seltsame Abweichungen innerhalb des Waldes...

Der Waldboden war bereits mit reichlich Blut benetzt worden, sowohl von den Menschen, als auch von den Orks, als Suma endlich ankam. Entsetzt versuchte sie dazwischen zu gehen, um die sinnlose Schlachterei zu beenden, als die Männer bei ihrem Anblick aufschrien und aufgestachelt auf sie losgingen. Ehe sie sie erreichten, wurde sie von den restlichen Orks abgeschirmt, die sie grollend beschützen wollten. Suma registrierte sofort, dass die übrigen Orks durch ihre Unterzahl schwer verletzt waren und erteilte ihnen umgehend den Befehl zu flüchten, damit sie sich nicht weitere Verletzungen zuziehen konnten. Widerstrebend leisteten sie ihr Folge und rannten angeführt von ihr in Windeseile in die Tiefen des Waldes.

Die Menschen versuchten anfangs noch den Flüchtenden zu folgen, mussten aber aufgeben, weil diese einfach zu schnell waren und sich besser in diesen Gefilden auskannten. Zurück auf dem Waldstreifen kümmerten sie sich um ihre Verletzten und triumphierten über den angeblichen Sieg. Im Blutrausch enthaupteten sie die toten Orks und nahmen ihre Köpfe als Trophäen mit, bevor sie den Rückweg in die Stadt antraten. Sie hatten die Suche nach dem Monster nicht aufgegeben, aber sie wollten morgen mit mehr Männern und besser ausgerüstet wieder auf die Jagd gehen, denn wer hatte vorher gedacht, dass das Monster noch schrecklichere Monster befehligte?

Als die Abenddämmerung hereinbrach kehrten die Orks an dem blutigen Schauplatz zurück, um ihre Toten zu beerdigen. Ihr Entsetzen war groß als sie feststellen mussten, dass die Toten geköpft worden waren und die Barbaren die Häupter mitgenommen hatten. Die Überführung der Verstorbenen in das Totenreich gehörte bei den Orks zu einem der wichtigsten Rituale und wenn die Körper dermaßen besudelt waren, konnte dieses nicht durchgeführt werden, was einem schrecklichen Frevel gleichkam.

Zur gleichen Zeit betrank sich der Vater nach der Beisetzung seines erstickten Sohnes und tigerte voller Trauer am Waldrand entlang. Voller Hass dachte er an das Monster, das ihm seinen Sohn genommen hatte und er hatte keine Geduld mehr auf den morgigen Suchtrupp zu warten: Noch heute wollte er dem Monster seine Lebensgrundlage nehmen und alles Schlechte mit ihm verbrennen. Er brach in ein Petroleumlager ein, entwendete einige Fässer für sein Vorhaben und legte eine Petroleumspur in den Wald hinein, der durch die regenarmen Sommermonate trocken geworden war. Der Vater schichtete am Ende der Spur die Fässer aufeinander, um dem Feuer ordentlich Auftrieb zu geben und torkelte an den Waldrand zurück, um die Spur anzuzünden. Das Feuer knisterte erst leise bevor es jäh aufflammte und sich im rasanten Tempo durch das trockene Laub fraß.

Suma, die noch mit den verletzten Orks beschäftigt gewesen war, spürte kurze Zeit später die Gefahr herannahen und flog zum Feuer in dem Versuch es einzudämmen, aber es war zu spät: Das Feuer hatte sich zu einem riesigen Brand entwickelt, der auf den gesamten Wald übergriff und alles zu verschlingen drohte. Die Kräfte von Suma reichten bei weitem nicht aus, um dem mächtigen Feuer Einhalt zu gebieten und sie verlegte sich darauf so viele Tiere und Orks wie nur möglich zu retten und in Sicherheit zu bringen. Das Feuer sollte noch Tage lodern bevor es nichts mehr gab, das brennen konnte.

Mit den Überlebenden hatte sich Suma auf einem weiter entfernten Berg aus Steinen gerettet und stumm beobachten sie wie die Flammen ihren Wald auffraßen.

Das Feuer hatte sich jedoch nicht nur mit dem Wald begnügt, sondern war mit einem unglücklichen Wechsel der Windrichtung zusätzlich in die Stadt gewandert. Dort wütete es ebenfalls bis nur noch Brandtrümmer übrig blieben. Suma hatte mit der Rettung der Waldbewohner alle Hände voll zu tun gehabt und schlichtweg keine Kraft mehr gehabt auch noch die Menschen zu retten, was ihr trotz der vorherigen Ereignisse beinahe das Herz zerriss.

Nach Tagen des Wartens brachen die Tiere auf zu einem langen Marsch zum nächsten Wald. Verübeln konnte es ihnen Suma nicht, schließlich gab es hier keinen Ort mehr zum Leben.

Die überlebenden Orks blieben zurück, um nach den Überbleibseln ihrer Toten zu suchen und gaben sich voller Kummer ihrer Trauer hin.

Suma ging zu ihrem geliebten Soreiro, von dem nur ein schwarzer Baumstumpf übrig geblieben war und dessen verkohltes Holz unter ihrer Berührung fast zusammenbröckelte. Sie fühlte sich so, als ob ein Teil von ihr selber gestorben wäre und versank in tiefe Gedanken, weil sie sich an etwas zu erinnern glaubte, dass ihre Lehrerin mal zu den speziellen Fähigkeiten des Baumes gesagt hatte... Was war es nur nochmal gewesen?

Sie wurde unvermittelt aus ihren Gedanken herausgerissen, als sie Schreie aus der Richtung der Orks vernahm. So schnell sie konnte, eilte sie zu den Orks, die von einer Menschenmeute umzingelt waren. Die Opfer in der Stadt waren beträchtlich gewesen und man machte die fremden Wesen für das Feuer verantwortlich. Die Menschen hatten sich gegenseitig hochgeschaukelt und beschlossen den Monstern den Garaus zu machen, um Rache zu nehmen und damit sich kein Unglück mehr ereignete. Bevor Suma dazu gestoßen war, hatten die ehemaligen Bewohner der Stadt eine Handvoll älterer Orks getötet, die damit beschäftigt gewesen waren die Leichen zu vergraben. Das hatte das Blut der anderen Orks in Wallung gebracht und sie gingen auf die Menschen los, aber ohne Waffen konnten sie nichts gegen die Distanzwaffen der Gegner ausrichten, die sie mit gezielten Schüssen umbrachten. Reihenweise fielen die getroffenen Orks zu Boden und die Männer johlten angesichts ihrer Treffer. Suma wollte zu den Orks stürzen, aber bevor sie weit kam, traf ein Schuss sie ins Herz.

Sie fiel keuchend zu Boden und spürte einen unglaublichen Schmerz in ihrer Brust. Neben dem Schmerz, den die Kugel verursachte, fühlte sie etwas anderes im Inneren, das sie in pure Angst versetzte. Es war etwas Kaltes und Schwarzes, das dadurch genährt wurde, dass sie es satt hatte missverstanden zu werden, für etwas verfolgt zu werden, das sie nicht getan hatte, dass Unschuldige getötet wurden, dass ihr Wald abgebrannt war, dass die Menschen erst zuschlugen und nicht mal im Entferntesten versuchten etwas friedlich zu lösen.

Sie spürte wie etwas in ihr riss und sie ergriff. Sie konnte es nicht mehr verhindern, nein, sie wollte es gar nicht, denn es fühlte sich so seltsam gut an.

Eine zügellose Wut packte sie, ihre Augen wurden flammend rot und von einem Herzschlag auf den nächsten hatte sich ihr Körper in einem roten Nebel aufgelöst.

Ihre Wut entlud sich mit einem Schlag und tötete einem roten Blitz gleich alle Menschen im Umkreis. Die Opfer wurden förmlich pulverisiert und hatten nicht einmal mehr die Zeit zu schreien.

Der Nebel zog sich zusammen und Suma stand leicht schwankend wieder in ihrer festen Form da. Es war ihr bewusst, dass sie vor einer

Minute hunderte von Menschen getötet hatte, aber... es war ihr völlig egal. Sie hatte mit der ungebremsten Wut etwas Schwarzes an ihr Herz gelassen, dass es nun wie ein klebriger Mantel umhüllte und ihr kein Mitgefühl mehr für die Menschen gestattete.

Schweigend begrub sie mit den Orks deren Toten und bemerkte nicht, dass sie einem Teil der Orks mit ihrer Tat große Angst eingejagt hatte und sie es nicht wagten in ihre Nähe zu kommen. Der andere Teil, dessen Herz ebenfalls von der Wut aufgefressen worden war, hieß ihre Tat jedoch gerecht und gut.

Suma sah sich die Einöde um sie herum an: Es würde lange dauern bis der Wald wieder zu seiner ursprünglichen Größe angewachsen war und dann bräuchte man auch den Samen eines Soreiro um das zu bewerkstelligen. Einen solchen Samen bekam man jedoch nur einmal im Leben und ihrer war bereits verbrannt. Sie spürte wieder Zorn in sich aufsteigen und ballte die Fäuste zusammen. Auf einmal baute sich ein unangenehmer Druck in ihren Ohren auf und etwas ließ sie in den Himmel aufsehen. Die Luft schien zu flimmern und ein Riss tat sich wie aus dem Nichts auf. Der Riss wurde immer größer bis jemand hindurch sprang und auf dem Boden landete.

"Na sowas! Sollte hier nicht ein prächtiger Wald stehen?"

Feindselig betrachtete Suma den Neuankömmling, der ihr wohlbekannt war. Es handelte sich um einen Djinn, der bekannt dafür, wie Honig von negativen Gefühlen angezogen zu werden und Wünsche nur gegen eine Gegenleistung zu erfüllen.

"Was willst du hier?"

"Freundlich wie eh und je, das lobe ich mir!", grinsend ging der Djinn auf ein Knie und kostete von einem Stück Kohle ehe er sich das ganze Stück einverleibte. "Ich spürte, dass ein Wunsch hier im Raum schwebt und da dachte ich mir, kommste halt mal vorbei!"

Nachdenklich blickte sie ihn an. "Ich brauche tatsächlich den Samen eines Soreiro..."

"Hah! Das übersteigt meine Kräfte! Aber, aber, nicht gleich so sauer gucken!", beschwichtigte er sie. "Zufällig hörte ich aber, dass ein besonderer Kristall in einer der vielen Dimensionen unterwegs ist, der ungeahnte Kräfte haben soll. Und wer weiß, wenn er so mächtig ist, kann er deinen Wald sicherlich in seinen Ursprungszustand zurückversetzen und vielleicht sogar deinen Soreiro-Baum wieder auferstehen lassen."

"Und wer garantiert mir, dass es so ist?"

"Niemand, das ist doch das Schöne! Du kannst natürlich wieder Jahrzehnte bis Jahrhunderte damit zubringen ein Pflänzchen nach dem anderen zu pflanzen, in der Hoffnung, dass sie auch ohne die Seele des Waldes gedeihen ooooder du machst dich auf die Suche nach dem Kristall und erhältst schwuppdiwupp deinen Wald wieder. Na, was sagst du?"

"Was erhalte ich, wenn ich einen Pakt mit dir eingehe und was möchtest du im Gegenzug?"

"Oho, du gehst ja gleich zur Sache! Nun gut, wie wir beide wissen, bist du nicht stark genug um durch die Dimensionen zu reisen: Ich würde dich mit genug Kräften ausstatten, damit du dich ungehindert durch die Welten bewegen kannst und obendrein wärst du stark genug, um deine lustigen Ork-Gehilfen für die Suche mitzunehmen. Wie es der Zufall will, ist die momentane Trägerin des Kristalls schuld daran, dass es einen Riss gab, wodurch es leichter als zuvor ist durch die Dimensionen zu springen. Als Gegenleistung möchte ich nur, dass du mir 100 Menschen aus jeder Welt schickst, in der du dich gerade befindest."

"Wofür brauchst du sie?"

"Ach, nur so...!", erwidert er mit einem unheimlichen Lächeln.

Nach einigem Überlegen willigte Suma ein und mit einem Handschlag besiegelten sie den Pakt. Sobald sich ihre Hände berührten, leuchtete ein verschlungenes Ornament dazwischen auf, das sich in die Handinnenflächen der beiden einbrannte. Mit dem Einbrennen des Ornamentes, spürte Suma wie sie neue Kräfte durchflossen und wie leicht ihr Körper auf einmal wurde. Als sie die Augen wieder öffnete, war der Djinn bereits verschwunden. Ihr Körper hatte sich ohne ihr Zutun wieder in einem roten Nebel aufgelöst, was sie aber nicht weiter störte.

Sie konzentrierte sich und nach kurzer Zeit tat sich vor ihr eine Öffnung in der Luft auf. Der Weg zu einer anderen Dimension. Suma schlüpfte mit den Orks hindurch und machte sich auf die Suche nach dem Kristall.

Glühendes Herz

Es war schon spät abends und die junge Sœlve wollte einfach nicht schlafen. Den ganzen Tag tobte sie durch die Gegend und hatte ihren Spaß. Doch langsam wurde es Zeit für sie endlich ins Bett zu gehen. Ihre Mama Nicole sagte ihr, dass sie doch schon einmal hochgehen sollte um sich für das Bett fertig zu machen. Sie würde dann gleich nachkommen und hätte noch eine Kleinigkeit für sie, wenn sie jetzt artig wäre.

Sœlve hatte zwar nach wie vor keine Lust schlafen zu gehen, aber huschte trotzdem in ihr Zimmer und zog sich um. Als sie gerade fertig war, klopfte es auch schon an ihrer Tür und ihre Mama betrat den Raum. Sœlve krabbelte in ihr Bett und Nicole zog ihre Lieblingsflauschedecke hoch bis an ihr Kinn.
„Ich habe dir ja eine Kleinigkeit versprochen", fing sie an und Sœlve fing ganz doll an zu nicken.

Ich möchte dir eine Geschichte erzählen, die so wirklich passiert ist:

"Weißt du... wir erleben immer wieder Wunder in unserem Leben, die wir vielleicht im ersten Moment überhaupt nicht als solche wahrnehmen. Aber wenn du mit reinem Herzen durch die Welt gehst und diesen Wundern die Chance gibst zu wachsen, kann aus ihnen das Wundervollste entstehen, was wir in unserem Leben nur kennen...

Vor langer Zeit gab es in einem sehr fernen Land das Königreich der Häschen. Es war riesengroß und alle Häschen, die dort lebten konnten glücklich miteinander spielen. Nicht ein einziges Häschen musste sich jemals Sorgen machen, dass es nicht genug Möhren oder andere Leckereien zu essen hatte, noch dass ihnen jemals böse Tiere über den Weg laufen würden.

Das Königreich war aber überall von einem dunklen Wald umgeben, der nicht betreten werden durfte. Niemand wusste mehr genau wieso dies so war, aber da die Häschen ein so sorgenfreies Leben hatten, interessierte es sie auch nicht mehr. Eines Tages kam aber ein kleines Häschen-Mädchen auf die Welt, dessen Fell nicht weiß wie der Schnee, braun wie die Erde oder gar schwarz wie die Nacht war.

Ihr Fell war vollkommen rosa. Da der Moment, wenn abends die Sonne anfängt hinter dem Wald zu verschwinden und den ganzen Himmel rosa verfärbt, im Königreich der Häschen die

Sölvestund genannt wurde, gab ihre Mami ihr den Namen Sœlve.

Leider fanden es aber viele andere Häschen nicht schön, dass sie so anders aussah und wollten nicht so gerne mit ihr spielen und versteckten sich lieber vor ihr.

So wuchs die kleine Sœlve ohne Freunde auf. Anfangs war sie sehr oft sehr traurig, weil sie so alleine war, aber nach einiger Zeit wurde es ihr egal. Sie liebte es durch die Gegend zu hoppeln und ihre Umgebung zu erforschen. So fand sie einige Orte, die noch nie von anderen Häschen besucht worden waren.

Immer wieder kam sie an die Grenzen des Königreichs und stand vor dem großen, dunklen Wald.

Auch wenn sie sehr neugierig war, kamen ihr immer wieder die Worte ihrer Mami in den Sinn, dass sie den Wald niemals betreten dürfte. Doch eines Tages im vierten Monat des Jahres, als die Tage noch kurz waren, die letzten Reste des Schnees aber gerade geschmolzen waren, war irgendetwas anders als zuvor. Die kleine Sœlve wollte endlich wieder raus in die Natur.

Auch wenn sie es liebte im Schnee zu spielen, war es ihr nicht möglich viel zu entdecken, da entweder alles vom Schnee bedeckt oder Wege sogar komplett versperrt waren. Da das Wetter so schön war, beschloss die kleine Sœlve an diesem Tag auf eine Entdeckungsreise zu gehen. Sie nahm sich ein wenig zu Essen mit und machte sich auf den Weg.

Nach einiger Zeit fand sie einen Pfad, der ihr zuvor noch nie aufgefallen war. Überall am Wegesrand blühten die ersten Blümchen und auch das Gras hatte schon einen wunderschönen grünen Ton. Sie folgte dem Pfad eine lange Zeit bis sie an einen Fluss kam. Dort war vor langer Zeit ein Baum umgefallen und sie konnte über den Baum auf die andere Seite hoppeln.

Die Sonne stand noch hoch am Himmel und sie dachte sich, dass sie die Strecke mindestens zwei Mal hin und her hoppeln konnte, um noch rechtzeitig vor der Dunkelheit wieder zu Hause zu sein.
Sie folgte weiter dem Weg, an dessen Seiten sich wahre Blumenmeere erstreckten. So ganz langsam bekam sie ein wenig Hunger und machte eine Pause.

Während sie gemütlich aß, dachte sie sich wie schön es doch sei, dass sie diesem Weg gefolgt war. Als sie gegessen hatte und sich richtig satt fühlte, beschloss sie, dem Weg noch ein Stück zu folgen, sie hatte ja noch so viel Zeit.

Nach einiger Zeit erreichte sie, so wie schon viele Male zuvor, den dunklen schwarzen Wald, den sie nie betreten sollte.

Sie wollte sich schon umdrehen, als es auf einmal ganz kurz im Wald aufblitzte. Sie dachte, dass sie sich geirrt haben müsste, aber ihre Neugier war geweckt. Während sie sich vorsichtig dem Waldrand näherte, blitzte es in den Büschen mehrfach hell auf.

Erst dachte sie sich wieder, dass sie sich geirrt haben müsse, aber nun gab es nichts mehr, was sie noch hielt.

„Ist da wer?", rief das kleine Häschen.

Doch statt einer Antwort blitzte es nur wieder. Also nahm sie ihren ganzen Mut zusammen und betrat den dunklen Wald. Sie dachte, dass sie sich dem Blitzen nähern würde, aber es war mit jedem Blitz wieder ein Stückchen weiter entfernt. Sœlves Neugier war allerdings so stark, dass sie nicht mehr bemerkte, wie sie immer tiefer in den Wald drang und da es im Wald eh dunkel war auch nicht wie die Zeit verstrich.

Die Zeit verstrich schneller als es ihr hätte lieb sein können. So brach langsam die Nacht herein und es wurde sehr kalt. Weil sie so gedankenverloren dem Blitzen gefolgt war, achtete sie auch nicht auf den Weg und stellte nach einer Weile fest, dass sie sich den Weg nicht gemerkt hatte. Dies war ihr zuvor noch nie passiert, aber sie hatte den Wald auch noch nie betreten. Sie blieb stehen und schaute sich um.

Um sie herum waren nur dunkle Bäume und Moos auf dem Boden. Weit und breit war kein Pfad mehr zu sehen und sie begriff, dass sie sich verlaufen hatte. Sie wollte wieder nach dem Blitzen rufen, aber es war verschwunden. Genau so wie ihr Mut. Sie war nun ganz allein im dunklen Wald. Mit ihrem Hunger, den sie jetzt erst bemerkte, kam die Angst, und sie rollte sich auf dem Moos ganz klein zusammen.

Auf einmal hörte sie eine freundliche Stimme: „Hey, du hast ja ein tolles Fell!" Verwundert schaute sie sich um, sah aber nichts. Vor ihr tauchte auf einmal ein violettes Leuchten auf und sie sah ein wunderschönes Glühwürmchen. Vorher hatte sie nur von diesen Wesen gehört, aber noch nie eins gesehen. Sie war ein wenig eingeschüchtert und antwortete mit einem schüchternen „Danke! Das hat zuvor noch niemand gesagt!"

Und dann ganz mutig: „Aber dein Leuchten ist auch wunderschön!" Das Glühwürmchen ließ es noch heller aufleuchten als zuvor. „Die anderen mögen mich nicht, weil ich nicht so langweilig grün leuchte wie sie", antwortete das Glühwürmchen. „Hast du dann keine Freunde?" - „Nee, nicht wirklich..." - „Ich heiße Sœlve und du?" - „Ich heiße Lilly!" Lilly bemerkte, dass Sœlve ganz doll zitterte.

Daher fragte sie: „Hast du Angst vor mir?" - „Nein mir ist nur so furchtbar kalt" -
„Dann lass uns doch aneinander kuscheln, dann wird uns beiden wieder warm!" Noch bevor Sœlve auch nur in irgendeiner Weise etwas sagen konnte, hatte sich Lilly bereits an sie angekuschelt. Und beiden wurde sofort wärmer. Sie redeten sehr viel über alles Mögliche und verstanden sich so gut, wie noch nie zuvor mit einem anderen Wesen.

Nach langen Gesprächen schliefen sie irgendwann ein. Als Sœlve am nächsten Morgen aufwachte, dachte sie, dass es ein schöner Traum gewesen sein müsste, aber als sie dann die Augen aufmachte, lag Lilly noch genau so da wie zu dem Moment, als beiden die Augen zugefallen waren. Sie freute sich, dass es kein Traum war und zur selben Zeit wachte Lilly auf und strahlte sie an.

Beide freuten sich, dass sie einander gefunden hatten. Gemeinsam suchten sie den Weg aus dem Walde heraus. Als sie dann am Waldrand angekommen waren, meinte die kleine Sœlve nur: „Ich glaub, ich hab dich lieb!" Beide fielen sich in die Arme und fingen vor Freude an zu weinen. Eigentlich hätten sie sich jetzt trennen müssen, aber dann beschlossen sie gemeinsam in das Königreich der Häschen zu gehen.

Dort angekommen wunderten sich alle über die ungleichen Freundinnen, aber es war ihnen egal. Sie zogen in ein kleines Häuschen und seit dieser Nacht hat man die beiden nur noch gemeinsam gesehen. Und sie waren die besten Freundinnen für den Rest ihrer Leben und nichts konnte sie voneinander trennen.

„Das Märchen war wirklich schön Mami!", sagte die kleine Sœlve mit einem Lächeln im Gesicht. „Hast du schon vergessen, was ich dir vorher erzählt habe?", fragte Nicole. „Das war kein Märchen! Das ist die wahre Geschichte zweier Freundinnen, die so wirklich geschah und deren Freundschaft niemals endete!"

Glossar

Murawa
Stammt aus dem wendischen und bedeutet in etwa Albtraum

Hyacintho Urbem
Lateinisch und bedeutet Blaue Stadt, die Bezeichnung der Vampire für Atlantis.

Sangius Nubes
Lateinisch für Blutwolke

Saltus Rationes
Lateinisch für Dimensionssprünge

Shira Yuri
白百合 japanisch für weiße Lilie

Ascendens super fluctus
Lateinisch für Reiten auf den Wellen

Mysterium vitreasque
Lateinisch für Geheimnis des Kristalls

Sœlve
Gesprochen: Sölve
Der Name stammt aus dem Dänischen.
Im Königreich der Häschen wird der Moment, wenn abends die Sonne anfängt hinter dem Wald zu verschwinden und den ganzen Himmel rosa verfärbt die Sölvestund genannt.

Lilly
Im englischen "die Lilie"
Im arabischen Sprachraum ist Lili die Kurzform von Leila und bedeutet "Dunkelheit" oder "Nacht"

Mia
Kurzform von Mirjam = "die Widerspenstige; die Ungezähmte"

Anthos
Altgriechisch für die Blume

Suma
Stammt aus dem kroatischen und bedeutet Wald

Soreiro

Iberischer Name aus dem Mittelalter, der in etwa mit Armee des Südens übersetzt werden kann.

Elvera

Spanisch für Wahrheit.

Wasserpanda

Wasserpanda gehören zu der Familie der Wale und werden normaler Weise Orca oder Schwertwal genannt. Aber wenn man sie sich anschaut, dann muss doch jeder zugeben, dass sie die wahren Pandas des Meeres sind. ;)

www.project1o1.de

www.facebook.com/SassetteMeissonier

twitter.com/project_1o1

Und hier fängt unsere Geschichte erst richtig an!